変さ値60先生
奮闘記

SHIMADA Takashi
島田 隆

文芸社

はじめに

退職してすぐの頃、飲み会で友人に「俺は小説を書く、お前も何か書け」と挑発され、父の評伝『未完のたたかい』（農文協出版）を書いてみた。本など書くのは生まれて初めてで2年以上かかったが、書くことは勿論、取材も実に楽しかった。

先日、その友人になぜ他ならぬ私に「書け」と勧めたのかと尋ねたら、「島田のキャラだと面白いものが書けるかも?」と思ったそうだ。当否のほどはさておき、書くことの楽しさをこの年になって初めて知った。何をどう書くか迷ったが、自伝スタイルにした。書いているとどんどん気持ちがハイになり、窓外の景色はアッという間に茜色に染まる。登場人物はすべて実在の人物だが一部を除いて仮名。独りよがりにならぬよう、すべての場面で友人や同僚や生徒達のコメントをお願いした。私の生きた時代や社会の空気が少しでも伝われば嬉しい。

目次

第三章　壮年期

第一章　幼少期

1．何をしてもさえない「メガネ少年」

私は１９４９年11月生まれの団塊の世代。２０２２年７月現在、齢《よわい》72。物心ついた頃から、「変な子」と言われ、生徒からも「こんな変わった先生初めて見た」と言われた（第三章）。

良し悪しはさておき、私は世間の「普通」から少しずれていたようだ？　企業でも働いたが、教員生活が長かったので題名は『変さ値60先生　奮闘記』にした。

言うまでもなく「変さ値」は私の造語。得点が平均と同じ場合は「偏差値50」で、得点が平均より高ければ偏差値は上がり、低ければ下がる。「偏差値60」というのは成績では上位から16％くらいで、かなり高いそうだから、「変さ値60」はかなりの変人ということになる。

「偏差値」は自力である程度上げたり下げたりできるが、「変さ値」はそうはいかない。しかも「変人」は自分が変だとは思っていないから余計始末が悪い。私は何でも右になららえのこの国で「変人」と呼ばれるのは希少性の証《あかし》だから名誉なことだと考えているが、なぜ私が「変人」と言われるのかこの文章で探ってみた。

母から何度も聞かされた話から始めよう。保育園の時、担任が子供達に「誰か隣の部屋から忘れ物をとってきて」と言ったらしい。私が真っ先に「ハイ」と手を挙げて勢いよく部屋を飛び出したが、すぐ戻ってきて「先生、何とってくるの？」と尋ねたそうだ。こういう子を世間ではオッチョコチョイと言う。しかしオッチョコチョイ必ずしも変人というわけではない。

音楽の時間は同級生が縦笛をスラスラ吹いているのが不思議で、私はどこを押さえたらいいのかわからず、人の後ろでひたすら吹いている真似。絵を描いても呆れるほど下手。

特に球技は苦手でバスケットはボールがリングに入らず、サッカーも皆のあとを走って参加しているふり、野球も球のこない外野で立ちんぼ、ひたすら自分の所にボールがこないように願っていた。鉄棒は何回やっても蹴上りができず最後には諦められた。

工作もダメ。板を切ろうとすれば鋸は必ず蛇行し、釘を打てば途中で曲がって釘の先が横に飛び出す。単なる不器用だが、呪われているとしか思えなかった。

小中とも通知表はなかったが、なくてよかった。ガキの頃から目が悪く小学校からメガネをかけていたが、クラスでメガネをかけていたのは私だけ、クラスの野蛮人達から「メガネザル」とからかわれた。いやな言葉だが「生産性のない子」そのものだった。

これで「イケメン」ならば少しは救われるが、イケメンとも程遠く、母チャンに「どうしてもっといい男に産んでくれなかったの？」と聞いたら「飛び切りの美男じゃないけど、結構いい男だよ」と慰められ、「マァいいか」と深く考えないことにした。とにかく幾多の「ハンデ」をものともせず、この少年は明るく活発に伸び伸びと育った。「マァいいか」は私の人生の基調だ。とにかく何事につけても楽観的なのだ。色々列挙してきたが、これらも「変人」とは直結しないだろう。

2．締め出されてワンワン泣いた！

我が家の前の小道は近所の子供達の遊び場で、石けり・鬼ごっこ・チャンバラの舞台。そのうちに紙芝居のおっちゃんが拍子木の音と共に現れ、「黄金バット」に見入った。おっちゃんの声音《こわね》と太鼓は迫力満点だった。雨の日は、近所のとしチャンとメンコ・ベーゴマ・軍人将棋・紙相撲で遊んだ。

夏祭りには母に作ってもらったハッピを着てミコシを担ぎ、縁日には小銭を握って神社に走った。娯楽の少ない時代で、提灯の明かり・夜店・綿飴・金魚すくいなど縁日はときめきの時間だった。表紙は「金魚すくい」、友人にお願いしたものだが、メチャ気に入っている。

近所には間口二間（？）ほどの小さな駄菓子屋がありよく通った。狭い店内には駄菓子やお面、ベーゴマやメンコが並べられ、ガラスケースの向こう側には鼻メガネの婆さんが店番をしていて、婆さんは店の景色そのものだった。

近くの裾花川の対岸は米村《こめむら》と呼ばれていて、今は団地だが当時は一面の水田。自然のままの用水路にはドジョウや小魚が沢山いた。裾花川沿いの土手道を通ってドジョウすくいや虫取りに行く麦わら帽子に半ズボンの少年には日々の時間はそのまま永遠に続くように思われた。

山や川だけでなく、家の周囲は遊び場には事欠かなかった。我が家からすぐ近くの蚕糸《さんし》試験場の桑の実を腹いっぱい食べてシャツを紫色にして叱られ、手作りの操縦機で「鉄人28号ごっこ」に夢中になって暗くなるまで遊び、何度も閉め出されて勝手口でワンワン泣いた。

善光寺へも出かけたが、参道には手足や目を失った白衣の傷痍軍人（負傷した軍人）が列をなして物乞いをしていたし、母も近所の人達も米屋を「配給所」（戦時中米は配給品だった）と呼び、「隣組《となりぐみ》」という言葉も日常語だった。戦争の臭いはまだ色濃かった。

子供の私は知る由もなかったが、戦争末期、本土決戦に備えて松代大本営地下壕建設のため多くの朝鮮人が徴用された。それもあってか「あれは朝鮮人」だとか、「部落だ」（被差別部落）という類の噂が聞くともなく耳に入ってきた。

父はそういう物言いは許さなかったので口には出さなかったが、子供達には「在日」だの「部落」だのということはどうでもいいことだった。当たり前のことだが、その友達がどんな友達かということが大事だった。

今では近所の家もビルや駐車場や空き家になり、子供の姿もなく、ミコシ担ぎも神社の祭りもない。幼な友達の姿も見当たらず、故郷は日々遠くなりつつある。善光寺を模して造られた長野駅も建て替えられ、駅周辺も変わり、唯一残る駅前の如是姫像《にょぜひめぞう》は昔より色っぽくなった気がする？　私が年と共にスケベになったせいだろうか？

最近、久しぶりに長野を訪れた。駅から善光寺に向かう中央通りは買い物客や観光客でにぎわう商店街だったが、人通りの少なさと活気のなさに驚いた。コロナ禍のせいもあるかと思うが、地方都市の衰退は県庁所在地の長野市も例外ではなく、子供の頃の活気や賑わいはない。

父は教員だったが、私の生まれた数ヶ月後に理由も告げられず解雇された。つまり我が家には給料という収入はなかった。父については第二章16節で詳述する。

3. 生まれつき（?）型破り

生糸や絹製品は戦前日本の主力輸出品だったが、母の実家は蚕種業《さんしゅ》(蚕の卵の品種改良)で財を成した家で、正月や夏休みにはよく遊びに行った。千曲川《ちくまがわ》の洪水に備えて作られた石垣の上に家がある。母は4人姉妹の末っ子だった。

広くて大きな家で広い蚕室《さんしつ》（カイコを飼う部屋）が幾つもあった。仏壇には位牌が短冊のように積んであったから、何代も続いた家なのだろう。

正月や盆暮れにはいとこ達は玄関の続き部屋で正座して挨拶し、祖父母のいる座敷に通されたが、私は堅苦しいことが嫌いだったのですぐ逃げた。

「まともな」いとこ達は座敷で祖父母と一緒にお膳で食事をしていたが、私は母の実家のいとこ達と一緒に台所でワイワイ騒いで食べた。徐々に座敷にも通されなくなって、次第に客扱いされなくなり、母の実家の子のようになった。これがいつでもどこでも私のパターン。

母方の祖母は明治時代に作られた上田の女学校の一期生だそうで上品な人だったが、なぜか型破れの私を可愛がってくれた。祖母は私に「いまだ磨かれぬ原石」を感じていたのかもしれない？　残念ながら私はいまだ原石のまま。「為せば成る　為さねば成らぬ何事も　成らぬは人の為さぬなりけり」は祖母から何回も聞かされたが、そう言われても……。夏場に首に手拭いを巻いていたら、祖父に「車夫馬丁のようなまねをするな！」と叱られた。意味不明だったが「暑いのに手拭をまいて何が悪い」と思った。とにかく堅苦しい行儀の類は子供の頃から苦手。一言で言えば自由奔放で、世の中の当たり前が煩わしかった。

〈挿話〉叔父といとこ

叔父（父の弟）は温厚なジェントルマンだった。京大工学部を卒業して、中島飛行機を経て応召、海軍の技術将校になった。子供の頃、新潟へ海水浴に行った時、沖合の堤防まで凄い速さで泳ぐのを見て「さすが元海軍」と思った。

所作《ふるまい》は万事メリハリがついていたが、多分海軍生活の影響だ。陸軍の精神主義と海軍の合理主義はよく比較されるが、「大和魂」で軍艦は動かないということだろう。叔父はメンタルもモダンだった。父が早く亡くなったので我が家は物心両面で叔父の世話になった。ある時、その叔父から「学生時代に兄貴の下宿へ行ったが、いつもきちんとしていた、お前の部屋は一体なんだ」と呆れられた。とにかく父も叔父も真面目な優等生で几帳面だった。叔父の家に遊びに行くとテレビはいつもＮＨＫで、３歳年下のいとこはいつも熱心にピアノの練習をしていた。いとこはお医者さんになった。

私はガキの頃から名うての「遊び好き」。赤ん坊の頃、家の縁側から落ちて下のコンクリートで頭を打った。家の縁側は高かったのでその時脳の一部が壊れたのかも？　勉強ができないのも、だらしないのも、すべてあの時の衝撃のせいだ。多分ショックで頭の中がゴチャゴチャになり。私の性格も部屋もゴチャゴチャになったのだ。

当然、本や書類が見つからず探しまくることになる。人生の半ばを「さがしもの」で費やしてきた。職場の机も本と書類の山で、３・11（東日本大震災）の時はその山が崩れ、目もあてられない惨状を呈した。家でも職場でも本や書類を探しながら自虐的に口ずさむのは陽水の「さがしものはなんですか?」で始まる『夢の中へ』だ。とにかく整理能力がないのだ!

妻から「部屋がだらしないままなら、離婚を考えざるをえない」と脅されているが、再三の脅しにも屈せず「マァマァ固いことは言わないで」とその場をごまかして40年。妻はまだ諦めていないようだ。部屋を掃除しても数日後には元に戻り、最近は自分が何を探しているのかさえわからなくなることがある。危ない段階かも?

4. まだあげ初《そ》めし前髪の……

まだあげ初《そ》めし前髪の林檎《りんご》のもとに見えしとき前にさしたる花櫛《はなぐし》の花ある君と思ひけり、やさしく白き手をのべて林檎をわれにあたへしは薄紅《うすくれない》の秋の実に人こひ初《そ》めしはじめなり……

島崎藤村『初恋』

私の故郷は林檎の里、そんな縁もあってこの藤村の詩は好きだ。幼な友達のとしチャンの妹の春チャンは一つ年下で私の初恋の子。

彼女の家は我が家のすぐ近く、でも兄貴と仲良しだとどうも……。兄のとしチャンに隠れて（?）近くの工業高校（移転）の庭でままごとをした。手をつなぐなどという「恐ろしい」ことはできなかったが、小学校から一緒に帰ったことも何度かあった。田舎のことゆえ、もし手をつないでいたら近所の噂になっていただろう。

小学校は2階建ての木造校舎、南には広いグラウンドと砂場。北側には水田があり、田植えの授業もあった。今は味気ないコンクリート校舎で面影もないが、とにかく絵にかいたような昔の小学校だった。

ある日の放課後、その小学校の砂場の鉄棒に腰を掛けていると、春チャンがやってきて、突然「私のこと好き?」と言われ、チムドンドン（胸がドキドキ）して、鉄棒から転げ落ちそうになった。「ウン」などと言えるわけもなく目をそらしてごまかした。生まれて初めてそんなことを言われ、「マサカヤー」（ありえない）の世界。あの鉄棒のシーンは今でも目に浮かぶ。とにかく小学校2年か3年の頃（?）で、あの時はひたすら夕日が眩しかった。

学生時代の夏休みにプールでバイトをした。広くて大きなプールだったが、夕刻に彼女が一人でやってきた。黄昏時《たそがれどき》のプールは二人だけ、水面《みなも》に夕日がキラキラと反射して、プールの西にそびえたつ旭山が二人を見下ろしていた。

彼女も東京の女子大に通っていたので「東京で逢おうか?」と言えばよかったのに、その一言が出ず、どうでもいいことを口にして意味もなくプールに飛び込んで照れ隠しをしていた。

勿論後になって死ぬほど悔やんだが、なぜかその類《たぐい》のことには臆病な私だった。あれだけすげなく（冷たく）されれば、お釈迦様でも尻をまくる（相手にしない）だろう？今思えばわざわざ夕方のプールに一人で来るわけがない。彼女は「せっかく来てあげたのにバカ！」と思っただろう。あのプールでの夕刻が彼女と逢った最後だった。

彼女は一児の母で（勿論私の子ではない）、一杯やりながら昔語りをしたかったが、数年前に亡くなってしまった。これを読んだら何と言うだろう？

「明日ありと思う心の仇桜　夜半に嵐の吹かぬものかは」という歌もある、逢いたいと思う人には躊躇せず逢っておくべし！　最近は友人と会う時も「これが最後かもしれない」と思って会うようにしている。時は待ってくれない。

5. 本は大好き、勉強嫌い

父が子供向けの本を買ってくれて、子供の頃から本に親しんでいた。今は筋書とて覚えていないが、岩波少年文庫の『ドリトル先生』のシリーズやケストナーの『点子ちゃんとアントン』『トム・ソーヤーの冒険』等を夢中になって読んだ。近所の子から借りた「あかいろの童話集」というような色の名前のついた童話集も覚えている。王子様やお姫様やドラゴンが登場し、とにかく面白かった。

いつ頃からか、父の書棚の岩波文庫からも面白そうな本を見つけ、それらも読み始めた。『アラビアンナイト』は思っていたのとは全く違う世界でショックだった。友人達に貸したが、やはり衝撃だったようだ。

神話も大好きでギリシャ神話以外に北欧神話を知って小躍りした。雷神トールのファンで、神様は死なないと思っていたが、巨人族との戦いで神々は死に、世界は焼き尽くされるという結末は驚きだった。後にトールキン（英国の児童文学作家）を知ってからはエルフ・ドワーフ・トロル・ホビット（妖精や小人達）も加わって、私の頭の中はさらに賑やかになった。脳の容量が小さいので勉強はますます遠くに追いやられた。

とにかく超自然的・幻想的な物語が大好きでFT（ファンタジー）との付き合いは現在まで続く。コナンシリーズのようなヒロイックファンタジー（剣と魔法の物語）は題名だけで痺れたが、トールキンの『ホビットの冒険』・エディングスの『ベルガリアード物語』のような温かみのあるFTも好きだ。冒頭のホビット村の描写から物語の世界に引き込まれる。

とにかく私の小さな頭の中はランプの魔人や魔法使い・ドラゴン・妖精・騎士とお姫様などが飛び跳ねており、他の者が入る余地はなかった。いつ頃読んだか？　筋書も忘れたが、父の書棚にあったゴーゴリの『ディカーニカ近郷夜話』も面白かった。ウクライナの農民の生活が描かれ、悪魔が登場し、怪奇・幻想たっぷりのユーモア作品でたちまち虜になった。

授業や教科書はドラゴンや魔法使いは出てこず、「血沸き肉踊る世界」とも「男女の世界」とも無縁。つまり面白くなかった。

6．としチャンちのパンはきつね色、我が家のパンは真っ黒こげ！

広い庭と大きな池があったとしチャン（前述）の家でおやつに食パンをごちそうになったが、おいしそうなきつね色で我が家の食パンとは全く違い、バターの味も違った。「焼き方が下手なのか？」と家で何度も挑戦したが、どうしてもきつね色には焼けず、網目がつき、おまけに魚焼きの網だったから焦げて魚の匂いまでした。台所のガス台で何回も食パンを焼き直したがどうしてもダメ。後で知ったが、お金持ちのとしチャンの家には我が家にはないトースターがあったのだ。そして我が家の「バター」はバターという名の固くて苦いマーガリンだった。

父方の祖母の実家は上田・長野・松本に店があった塩川という大きな菓子店だったが、戦争中の砂糖の不足と職人の徴用で閉店し、松本の店だけが戦後まで残った。父も叔父も旧制松本高校の時代、この松本の店で下宿していた。

父は私を松本の店に預けて飯田線や大糸線の村々に講演や学習会に出かけたのだ（後述）。

松本でご馳走になったウインナーやケーキは我が家で目にすることはなかったし、我が家のむすびは「梅干し」か「おかか」だったが、松本のむすびには「筋子」や「いくら」なるものが入っており、「別世界の味」だった。勿論テレビもあったし、家では口にできないケーキもあった。

店の裏には大きな菓子工場があり、多くの職人が働いていた、私は例のごとく職人達の食堂で一緒に食事。とにかく「ものおじせず」（怖がらず）、どこにも馴染んでしまう子だった。

可愛いまたいとこ（父の従弟の子）もいたので松本に行くのは楽しみだった。生まれて初めてレストランでステーキなるものをご馳走になった。店があった本町の道筋は今より賑やかで女鳥羽《めとば》川沿いの縄手通りは平日も祭りの雰囲気。商業都市松本は線香臭い長野とは違う活気があり、父について松本へ行くのは楽しみだった。

軍人と結婚した母の姉の嫁ぎ先も松本にあり、伯母は優しくて上品な人だったが、学生時代は食料など送ってくれ、大変世話になった。

今は菓子店も閉店し、伯母（母の姉）は亡くなり、いとこ達も転居して松本には何のよすが（縁）もないが、山行や帰省の時にはたまに中央線回りで下車し、あがたの森公園や松本の町を散策し、父や叔父も通ったであろう「まるも」（喫茶店）でコーヒーを飲んだ。旧制松高の校舎はそのまま保存されているし、松本は父や叔父の青春の地であり、私にとっては既に姿をとどめない家や人や子供時代の追憶にひたる町だ。松本と上田は私にとって第二の故郷だ。

近所でテレビを買ったのはとしチャンちが最初で、春チャンや近所の子達と一緒に正座して「チロリン村とクルミの木」などを観た。我が家には洗濯機も冷蔵庫も中々やってこず、母はたらいで洗濯、マキ割りや風呂焚きは私の仕事だった。クラスの子達の間でテレビ番組が話題になっても仲間に入れず、そっと輪からはずれた。勿論電話もなく隣家の電話を借りていた。徐々にテレビも普及してきたが、テレビがないせいもあってよけい本を読んだのだろう。

テレビを観ない（観られない）少年の想像の世界は豊か過ぎるくらいに広がった。パージ（後述）後も父が生きている時は少ないながらも収入（講演の謝礼や著作の印税）があったが、父が亡くなって（１９６２年）からは僅かな収入も途絶え、飛んでる兄（私）と保育園児の妹を抱えた母のやりくりは大変だったと思う。教員組合や青年団からのカンパや母の実家の祖母や叔父からの援助もあったと思うが、今や確かめようもない。

我が家は県警の刑事だった祖父が祖母の実家（菓子店）の援助で昭和の初め頃建てた家でそろそろ築百年になる。修理を頼んだ大工さんが「立派な造りだ」と褒めていた。徒然草の「家の造りようは夏をむねとすべし。冬はいかなるところにも住まる」を地でいったような家で、湿気が多く暑い日本の気候に合わせて作られている。谷崎の『陰翳礼讃』そのものの家だ。

風通しのために床は高く、座敷の床の間や欄間の造作は立派でレトロだが、漆喰と無垢材の家で天井は高く、構造上エアコンはつけにくく、今は住みにくい。

家は広かったので、父の書斎と奥の和室を間貸ししていたが、父の死後は、部屋代と母の内職が僅かな収入だった。母の女学校の同級生が上田紬《つむぎ》（蚕の繭から紡いで、撚《よ》りをかけ丈夫な糸に仕上げて織った織物）の販売を世話してくれた。母はお嬢さん育ちで商売など縁のない環境で育ったが、商才があったようで様々なつながりを利用して沢山の紬を販売した。「祖父が建てた立派な家と座敷のおかげ」と母がよく口にしていた。母はいつも明るかったし、貧しさを意識したことはなかった。私も妹も母のおかげで明るく伸び伸びと育った。

母はおおらかな人で、父への愚痴など一切口にせず、印象に残っているのは「お父さんはいい人だった」という言葉だけ、今考えると本当に大変だったと思う。私は能天気そのものだから気にもしないで母に甘えて生きてきたが、母はそもそもあんな苦労をしないでもすむ人だった。

祖父の親友であり、旧上田中学（現県立上田高校）の教員だった父に母を紹介し仲人をした当時の上田の警察署長（母は戦時中、防空挺身隊のメンバーで母の上司）は、「父のことで母に苦労をさせてしまった」（第二章17節）という思いがあったのだろう、終生、母と私達に配慮して下さり、東京の孫娘の家庭教師をさせて下さった。

家族みんなで旅行に行ったのは一度だけ、長野駅から1時間程の上林温泉の旅館の大部屋の日帰り旅で、写真が一枚あるが父も母も妹も私も楽しそうだ。母は温泉が好きだったので、亡くなる前は毎年温泉に連れて行った。母への感謝の気持ちは年とともに募るが、既に母はない。

〈挿話〉「お前の父ちゃん何の仕事してるの?」

学校に必ず提出するものは「家庭環境調査票」。確か父親の職業欄があり、担任が「わからなかったら家の人に書いてもらいなさい」と言った。友達同士で見せ合ったが、友達は「大工」や「魚屋」「食堂」等と様々だったが、母が書いてくれた父の職業欄には舌を噛みそうな「著述業《ちょじゅつぎょう》」とあった。最初は「なんて読むんだ?」から始まり、次は「著述業ってなんだ?」と聞かれ、答えに窮した。母に聞いたら「お父さんは学校の先生をしていたけどやめたんだよ。著述業は本を書く仕事だよ」と言われた。父はいつも「書き物」をしていたので納得した。

「なぜやめたの?」と聞いたが、母も子供には説明できなかったろうし、私は説明されてもわからなかったろう。実は父は解雇されたのだが、例の「まあいいか」でうやむやになった。父ちゃんの話は厄介なので徐々にするが。困ったことには、我が家には給料という収入はなかった。

7. 中学時代　その一　怖くてエロい今昔物語！

中学時代に面白かったのは小松久先生の国語と歴史の授業。親鸞の『歎異抄』の自力と他力の話や中江兆民の『三酔人経綸問答』の恩賜の民権や回復の民権の話を覚えている。どう考えても中学生向けの授業ではなかったが、なぜか興味が湧き、身を乗り出して聞いていた。先生も「変だった」（失礼）が私も変わっていた。熱心に聞いていたのは私だけだったかも？　でもこの授業はあとで役に立った。

授業で『今昔物語』の話を聞いて興味を持ち、職員室に行き、「ぜひ読んでみたい」と言ったら、分厚い古典文学全集を貸してくれた。

ランプの魔人は愛嬌があるが、今昔の巻二七の「安芸ノ橋《あきのはし》の鬼」など「今昔」の鬼とか妖怪はただひたすら怖かった。彼はどうせ読めないだろうと思って貸してくれたと思うが、相手はただのガキではなかった。好奇心にかられて下段の注釈に頼り、ドキドキしながら読んだ。

男女の話は『アラビアンナイト』で耐性はできていたが、『今昔物語』も刺激的だった。私は授業中の怪異と幻想の世界に興味があったのだが、それに加えて欲望と嫉妬、男女の物語が盛り沢山だった。今でも読み始めると目が離せなくなる。私の好きな「怖い話」も山盛りだった。

父は私が中学1年の頃入院した。原因は過労と心臓疾患。保険に入っていたとは思えないし、この時期の収入は全くなかっただろう。父が亡くなったのは中学2年になった頃。父は頼まれると断れない人だったし、そもそも自分の病を軽視していた。患者の待遇改善運動のためということで、病気とは何の関係もない郊外の若槻（現在は団地）という所の結核療養所に入院していた。隔離の必要がある結核療養所のため交通の便は悪く、母は幼い妹を背負って雨の日も雪の日も畑道を通って連日病院へ通っていた。

能天気な私は暮らしのことなどは考えもしなかったが、父は病床で何を思っていただろう？　それにしても離婚もせず、愚痴も言わずに、母は父と子供達のために頑張った。母は父を尊敬していたのだと思う。

多くの人が見舞いにきていたが、父は「早く娑婆（社会）に戻りたい」といつも口にしていたようだ。カネや食事や衣服は別として我が家には本という宝物が溢れていたし、私はそれで結構幸せだった。父の書棚からこれぞと思う本を引っ張りだしてページをめくった。アラゴン（仏のレジスタンス詩人）なる人物が誰とも知らなかったが、詩が気に入って覚えてしまった。

保健の試験の時、時間が余って退屈のあまり答案の裏にアラゴンの詩（第四章32節で詳述）を書いた、記憶力はよかったので古典の冒頭に限らず気に入った文章は何でも覚えた。教師が答案を返した時、皆の前で「試験の最中に哲学をやっている生徒がいるようだ」と皮肉を込めて言われ、「哲学じゃなくて詩だよ！」と密かに呟いた、答案は白紙に近く、おまけに「わけのわからない詩」まで書かれて、教師は「俺をなめてんのか！」と思ったに違いない。アラゴン詩集を読んでいた中学生はいなかっただろう？　アラゴンの詩は覚えたが、保健の用語は覚えなかったようだ。やはり変な子だ。

8. 中学時代　その二　ケンちゃんの空手　厚板を割る

中学2年生の頃（?）の放課後、十数人で学校の近くの神社で暗くなるまで毎日「缶蹴りゲーム」をして遊んだが、これが死ぬほど楽しかった。ところが「マジメな」学級委員が学活の時間に「下校時間が過ぎているのに遅くまで遊んでいる人達がいる」と告発し、担任に絞られた。皆で楽しく遊んでいたのに、少しくらい帰りが遅いからといってうるさいことを言うなと思った。

技術は6人一組で座る作業机で、その日は確か本箱作成の作業。先生が板を生徒に回覧し、「この板は丈夫だ」と説明している時、私の隣の席の阿部健一（通称ケンちゃん）が筆箱にその板を立てかけて、突如空手チョップを振るった。すごい音がして丈夫なはずの板がまっぷたつ、一瞬教室が静まり返り皆の視線が集まった。ケンちゃんとは缶蹴り仲間で授業中のおしゃべり仲間だったから隣の席の私も同罪とみなされたと思うが、その後のことは記憶にない。

ケンちゃんちは豆腐屋だったが、顔はほぼ長方形で豆腐に例えれば「絹ごし」というよりも木綿豆腐（書いている本人にも意味不明？）。ケンちゃんは先生の言葉を信じて確かめただけだが、いくら私でもまさか授業中に空手チョップを振るうとは思わず、止める間もないアッという間の出来事だった。この出来事も前代未聞だが、確かめようとした御本人もユニーク。私はユニークが大好きだ。後述の柳瀬は近くの席で一部始終を目撃しており、唖然とした私の表情まで覚えているそうだ（彼は昔のことをよく覚えていて随分助かった）。

「疑いは真実の母」という言葉があるが、教師が丈夫な板だと説明している時にわざわざ試すことはないだろう。変な奴と馬が合った変な私だった。今もって「忘れ得ぬ思い出」だ。

社会科の時間の記憶も蘇った。合理化の話で「会社が機械を導入すれば生産効率が上がり、コストも削減され、利益も増えて働く人の生活もよくなる」というような話でみんな頷いていたが、私は手を挙げて「会社は儲けるためにやっているんだから、機械を導入すれば、いらなくなった人達は首を切られるのでは？」と質問した。

教師はまさかそんなことを言うガキがこの世にいるとは思わなかっただろう。その後の経過は覚えていないがうまく丸め込まれた。後に「授業中お前の言っていたことにも一理あると思っていた」と言ってくれた同級生もいた。どうも授業中たびたび質問をしていたようだ。

井口もユニークだった。絵が上手で、私は彼の大きな目と笑顔が大好きだった。さすがに板は割らず、なぜと聞かれても答えようがないが、彼は存在そのものが面白かった。

高校受験の直前は井口と二人で暗くなるまで美術準備室に入り浸っていたが、不思議なことにユニークな美術の飛矢崎先生も「早く帰って勉強しろ」などと言わずに、付き合ってくれた。なぜかは不明。私は飛矢崎先生が大好きだった。子供達は教師を見抜いていたと思う。つまり私も見抜かれていたということ。

生徒が誰もいない寒々とした学校で井口は絵を描き、私は彫塑（粘土で像を作り石膏像にする）で時間を費やしていた。私は絵は下手だったが彫塑は好きだった。最近、久しぶりに井口に電話したが、「あの頃が花だったなあ」と呟いた。会って話さねばと思った。

信州の冬は寒々として暗く、窓の外の空はどんよりと曇って小雪がちらついていた。クラスの皆が受験勉強で必死になっている時に、「こんなことをしていていいのか？」という気持ちもよぎったが、例によって私の底流にある楽観主義が「何とかなるさ」と語りかけ、真剣に考えないことにした。井口のおかげでクラスの雰囲気は明るくとても楽しかった。阿部にしろ井口にしろ、私はどうもひと癖ある（？）子達と気が合ったようだ。

同級生の柳瀬によると、「島田は脱線が多い小松先生の授業は熱心に参加して難しい質問をしていた。人懐っこい性格だったが、本を読む時は目を本に近づけブツブツ言いながら熱心に読んでいた」そうだ。無理を言って女子にも私の印象を尋ねた。

「島田君は普段は冗談を言って笑わせていたが、社会科の時間は真剣な目つきで発言し、口調も普段とは違っていたのでオトナっぽく感じた」「一本、筋が通って信念を持っている感じだった」とのこと。既にこの頃から二重人格の兆しが表れていたようだ。

東京から越してきた夏川は優しい子で、家が近かったので学校の往復や遊びはいつも一緒だった。大林はスポーツ少年で羨ましかったが、仲良しだった。柳瀬はワルを演じていたが、私は彼のワルぶる姿勢が好きだった。「なめられてはいけない」と思っていたそうだ。

クラスには可愛い子が多かったので好きな子もいたが、奥手の私はそんなことを口に出せるわけもなく、その類のこととは無縁だった。自己肯定感という言葉があるが、スポーツも勉強もだめでイケメンでもない私は自己肯定感どころか、否定感が強く、女の子に好かれるなどということはあり得ないと思っていた。でも席が近かった子達とはよく話した。

執筆中に空手のケンちゃんが亡くなった。お悔やみ申し上げます。原稿ができたら読んでもらうつもりだったが間に合わなかった。お姉さんに許可を頂いたので文章はそのままにした。

第二章　青年期

9. 高校時代　その一　滑り込みセーフ

当時の高校入試は確か9科目であり、社会や国語は点がとれたが、保健や技術や音楽は興味なし、数学や理科も同様、英語は好きだったが成績は普通。自慢じゃないがほとんど受験勉強をした記憶がない。柳瀬からは「井口も島田も勉強すればできるくせに勉強している風がなかった」という有難いお言葉を頂いた。真偽の程は不明だが、二人共勉強しなかったことは間違いない。

私にとって物語の世界は緑豊かで、教科書の世界は灰色だった。高校1年の担任が面接で入試の成績を教えてくれたが、ビリから数えた方が早く、不合格すれすれの滑り込みセーフ。当然と言えば当然だが我ながら呆れた。

それなりの進学校だったが、高校に入っても勉強などせず、相変わらず好きな本ばかり読んでいた。高校の図書室で父のことが書かれた本（「黒い嵐」初期長野県教組弾圧記録）を見つけ、父の生き様（第二章16節で詳述）を知った。

あの時代の教員業界には父を知る教員は沢山いた。後で知ったことだが、旧制上田中学の同僚もいたし教え子もいた。旧制上田中学の卒業生だった化学の先生は授業中に中学時代の担任の話をした。

最初は単なる昔話だと思って聞いていたが、途中から父の話だとわかった、父について目を開かされた端緒であった。バカなことに授業終了後「父のような気がする」と彼に言ってしまい、噂は一挙に広まったと思う。恥ずかしながら化学は5段階の2。言わなきゃよかった。

この件で私の身元はばれ、「島田先生の息子は馬鹿だ」と噂になったと思うが、父の名誉を傷つけるわけにはいかない（もう十分傷つけていた）と思ったのと、ここら辺が潮時かなと思ったのか、2年の秋頃から突如勉強を始めた。

直接のきっかけは覚えていないが、父の学生時代の写真や父についての本かな？　父は旧制松本高等学校を経て、1938年（昭和13年）に京大文学部を卒業して教師になった。

確か北杜夫が彼の叔父の松高時代の写真を見て旧制高校に憧れたと書いていたが、父の写真の松高生達は知的な雰囲気で、余り知的でないバカな私はインテリの世界に憧れたのかも？　父は革張りの松高の卒業アルバムを家族写真用に使い、松高時代の写真は袋に入って押入れの隅にあり、それを偶然見つけたのだ。

「上からボールを落として下まで何分かかるか?」という物理や無機的な数学、困ったことに化学の元素記号やモル濃度などにも全く興味はなかった。「俺と何の関係があるんだ?」と思っていたし、何よりもロマンが感じられなかった。

物理の教師はギャングというあだ名で風体容貌はギャングそのもの(失礼)。安産のことを言いたかったらしいが、唯一覚えているのは「結婚するなら尻のでかい女と結婚しろ」というセリフだけ(物理と何の関係があるんだ?)。教師達に理系・文系とか選択という発想がなかったようで、信じられないことに物理や数Ⅲは必修で文系理系を問わず3年生で2単位か3単位あった。

とにかく物理の時間は苦行以外の何物でもなかった。理系のトップの奴も難しかったというから、私ごときにわかるわけがない。三省堂の分厚い教科書が「お経」のようだった。断っておくが「般若心経」は好きで暗記している。

数学は手遅れだったが、文系の科目はちょっと頑張ったらすぐ結果が出た。小学生の頃、初めて見た外国人が物珍しく後をつけまわしたこともあり、外国語や外国文化や珍しい人やモノに関心があったので、英語にも興味があったのだ。

先輩のアドバイスもあり、英語科の教科室から小説や歴史や評論の副読本を借りて必死に単語を調べて読み始めた。好きな物語が横文字になっただけだ。

それぞれ薄い要約本であったが『シーザー』『二都物語』『老人と海』などでストーリーが面白かったし、かれこれ数十冊は読んだ。最初は辞書なしには読めなかったが、やがて辞書なしで読めるようになった。今思えばこれが英語への開眼だった。

数学の教師はいきなり黒板に向かって計算を始めるタイプが多かったが、学ぶ意味や目的などを語ってほしかった。周りの生徒が全員に配布された分厚い数学の問題集を一生懸命やっているのを見て「何が面白くてやっているんだ？」と思っていた。私の問題集はきれいなまま。数学の魅力や学ぶ意味を語ってくれれば少しはやる気になったかもしれないのに？　これを語ってくれた教師はいなかった。

興味がない教科はせめて「何のためか」がわからないとエンジンがかからない。ある教師が「数学は暗記物。問題の解き方を暗記すれば大丈夫」と言ったので余計いやになった。あんなつまらないものを覚えてたまるかと思った。小説や『平家物語』の方が余程面白かった。

暗記物の意味は「問題を繰り返し解いてパターンを覚えること」だというのは後で悟っ

たが、そのためには練習問題を繰り返し解く必要があった。

国語や歴史は「憎悪」「嫉妬」「恋」「喜び」「悲しみ」などの人間の匂いがしたが、理系の科目は人間の匂いがしなかった。つまり葛藤や感情の世界がないのだ。今に至るまで私の興味の対象は人間だ。といっても勧善懲悪（善を勧め、悪を懲らしめる）物語や、答えが決まっている話は私にとって無味乾燥だった。悲劇や「何が待っているかわからない」「どうなるかわからない」という物語の方がスリリングで面白い。そもそもそれが人生だろう。いずれも長編だがユーゴーの『レ・ミゼラブル』やトルストイの『戦争と平和』は夢中になって読んだ。何度も読み返したのはショーロホフの『静かなドン』。登場人物の運命の変転が面白かったのだ。

大学へは行きたかったが、「文系の人間になぜ物理や数学が必要なのか？」といつも思っていた。歴史上の人物や小説の人物は自然に頭の中に入ってきたが、数式はいくら匂いを嗅いでも何も匂ってこなかった。数学も問題練習を繰り返してパターンを覚えれば解けるということがわかってきたが、気がつくのが遅すぎた。

「スポーツは体で、勉強は頭で」という違いはあるが、両者とも何回も練習しないとダメ。とにかく言われたことに黙って従う子ではないので、それを悟った時には訓練する時間が残されていなかった。何事につけ私は気づきが遅いのだ！　そして悟りも遅いということも最近悟った。後発の私は高3の時は夕食後仮眠をして、深夜に起き、明け方まで机に向かった。天才はいざしらず、私は凡才なので不勉強の遅れを取り戻すには時間をかけるしかなかったが、我ながらビリからよく頑張った。

10. 高校時代　その二　奇人変人列伝

2年になってクラス替えがあったが、中高ぐらいになると相性・部活その他で生徒達はそれぞれグループを作る。私のクラスには弓道部のメンバーのホモホモグループ（命名者は後述の篠田）・短足グループ（命名はメンバーの西沢）等があり、私はどのグループでもなかった。仲良しはいたが、私は群れるのは嫌いだったし、いわゆる「良い子」でもなく「悪い子」でもなく「普通の子」でもなく「変な子」だった。

クラスの変人トップは何と言っても篠田だ。押しも押されもせぬ奇人変人だった篠田（あだ名はチンパ）は何を考えたのか、スカートで学校へ来たことがあったらしい。あくまで噂で本人は否定しているが私はあったと思っている。今はありうるらしいが、当時だと「大事件」だ。

彼は奇矯な言動が「生き甲斐？」だった。なぜか彼とは気が合った。「類は友を呼ぶ」という言葉もあるが、私は昔から少し変わった人物、特に明るくて面白い「変人」が好きなのだ。私は普通レベルの変人（?）だが、彼は普通のレベルを超えていた。

２年の時、生徒会長選挙があり、戦前からのボロボロの体育館で応援演説会があった。とにかく寒くて、床が固くて尻が痛かった。

別のクラスの優等生の桜場と篠田が立候補。篠田の応援弁士は教室の隅の席で授業中いつも弁当を食べていた体重百キロ超の山村。当人は猿と豚の漫才だったと言っているが、拍手と喝采で迎えられた。そもそも生徒会長などに立候補するタイプではないし、彼が学校のあり方などに関心があるとは思えなかった。

山村は「この野性味あふれる顔を見て下さい」とか何とか紹介していたが、野性味あふれる顔と生徒会と何の関係があるんだ？　ケネディの演説の真似をしていたが、公約は「私の得票数に一番近い数を当てた人にはタイ焼き屋のタイ焼きを30個あげます」という買収発言。

篠田の得票数は三百票余、桜場は八百票以上でほぼトリプルスコアー。「順当」（?）な結果だったが、後で篠田に「何で出たんだ?」と聞いたら「ギャグ」（冗談）で出たとのこと。人気者になりたかったらしい。授業も学校も退屈なのでそのつまらなさを克服するためのギャグだったそうだ。それにしてもようやるよ。初めて読んだエロ本は彼に借りたし、よくくだらない話をしたものだ。教師にも反抗的でその点は私も同じだったが、私の方が若干紳士的だった（と思う）。

〈挿話〉初めてのゲイバー

話は飛ぶが、篠田と大学は一緒だったのでたまに会うことがあり、新宿2丁目（LGBTタウンとして有名）へ飲みに行こうと誘われた。そこがいかなる場所かも知らずにただついていったが、当時はネオンも輝いておらず薄暗い雰囲気だった。外付けの錆びた鉄の階段をガタガタ上がりドアを開けるとそこが店で、カウンターの向こうに裸電球に照らされた狭い調理場があった。

割烹着を着た「オバサン」が酒とつまみを出してくれ、女言葉だったが声が野太いので「?」と思ったが、実は「オッサン」だった。段々状況を理解してきたが、田舎から上京したばかりの青年（私）はこの世にそんな飲み屋があるとは毫も知らず、さすがの私も「未知との遭遇」状態で会話を楽しむどころではなく、ひたすら緊張して小さくなっていた。篠田は親し気に話していたが、なぜそこに出入りしていたのかは不明。私は「驚き桃の木、山椒の木」だった。

実は小学校の学芸会で役のため姉さんかぶりをして母の口紅を塗ったことがあり、鏡の中の「美しい」自分に見とれてドキドキした。口紅を塗ると男も女も変身するのだ！　さすがにスカートははかなかったが、はいていたら2丁目で働いていたかも？　その方向へ進まなかったのは、それほど美しくなかったということだろう。

当時はＬＧＢＴＱなどという語は存在していなかったし、問題意識もなかった。「さすが東京、こういう飲み屋もあるんだ」という程度。篠田は「楯の会」（三島由紀夫が結成した軍隊的な集団）に入ったと聞いたが、一体どんな世界で暮らしていたのか？　とにかくやることが大胆で羨ましかった（次男の強み）。

卒業後、会社に勤めていた時、篠田が突然私を訪ねてきて「これからヨーロッパへ行く」と言うので少しカンパをしたら「よく察してくれた」と感動（？）されたが、奴は私のカンパを忘れていた。それ以降も波乱万丈の人生を送ったようだ。住む世界が違っていたので、それ以降会う機会はなかったが、彼が企画したクラス会で何十年ぶりに会った。「絶対こいよ」と電話が来たが、声も雰囲気も昔のままで全く違和感はなかった。最近はメールや電話でやり取りする機会が増えた。素晴らしいことに変人のままだ。より磨きがかかったかも?

彼は大学を中退して10年ほど帰国せず、世界各国を旅していたらしい。金は家族からの借金と現地でのバイトで賄い「はったり八分・実力二分」で乗り切ったそうだ。「楯の会」は当時の左翼ブームに反感を持ち、皆と違うことをしたかったから入ったとのこと。とにかく高校時代から普通が嫌いなようだ。目下、「外国の体験を活字にしたら」と勧めている。最近の彼からのメール「普通の人になるのも難しい、普通の人になるのも気に食わない!」

「大丈夫だよ、私も含めて普通じゃない輩は世の中に沢山いるから」と返信した。彼は電話で話すたびにウイットに富んだジョークを飛ばす。おぞましくて淫らで耐えられないジョークが多いが、最近のヒット作を紹介しよう。名付けて「歯磨きギャグ」。

妻に家事や子育てを全部押し付け、何もしない飲んだくれ亭主がいた。ある時その亭主が妻に「よく俺に我慢しているな」と言った。妻は歯ブラシを出して「これがあるから大丈夫」と答えた。亭主は「俺の歯ブラシじゃないか? それが何だ?」。妻、曰く「これで毎日便器を磨いているから平気よ」。座布団二枚！

上品な私の文章には似合わず、とてもここには書けないのでこれだけにしておく。それにしても、彼の日常性からの逸脱志向は、どこからきたのだろう？　私は無意識に逸脱していたが、彼は意識的に逸脱しようとしていた。パターンは違うが、当時は私も周りと合わせようという気持ちはほとんどなかった。篠田も私も「規格品」ではなかったが、二人共クラスの中に居場所があった。

篠田は無事結婚して二人の子持ち。余計なお世話だが「子供もパートナーも退屈はしないが、何かと大変だろう」と推察している。

11．高校時代　その三　下駄とフォークダンス

私が大好きだったのは中山だ。彼のあだ名はオヤジ。中山君と呼ぶのは教師くらい。まだ10代後半なのに皆が「オヤジ」と呼んでいて、本人もそう呼ばれてニコニコしていた。多分、女の子にはもてないタイプ？　冗談を言うと「激しく」喜び、自分でもつまらない冗談を言って自分で笑い転げていた。自分の冗談で笑うというのは中々できることではない？

当時は女の子の手を公然と握れたのは文化祭のフォークダンスの時だけで、とにかくセーラー服がとても眩しかった。当時下駄は普通だったが、彼は女子高の文化祭に下駄で行き、フォークダンスをしたが、うまくいかないので下駄を脱ぎ棄てハダシで踊ったらしい。

前の晩は興奮して眠れず、履物のことまで気が回らなかったのだろう。彼ならやりかねないと思ったが、相手の女子高生の困惑した顔が目に浮かぶ。知っていれば「下駄はやめろ」と言ったのに。英語の単語帳に love とか speak とあり、「この単語知らないの？」と

聞いたら「知らない単語だけだと飽きちゃうので知ってるのも書いた」とか、私に劣らず運動神経はゼロで「これの方が飛ぶ」と言ってバットを振る手を左右逆にして振っていたとか話は尽きない。

普通の奴だとわざとらしいが、彼の場合は一挙手一投足がすべて地であり、そんな彼が大好きだった。とにかく面白くていい奴だった。ずっと会いたいと思っていたが、忙しさにかまけてつい機会を逸してしまった。篠田が一生懸命捜してくれたが見つからず、目下捜索中だが、「個人情報」が壁になって見つけられない。なぜ急に、そしてこんなに懐かしく、あたかも恋人のように中山のことが思い出されるのだろう？　この原稿を書き終えたら真っ先に会うぞ！

一世を風靡した財津一郎というコメディアンがいた。武石は仕草や喋りがそっくりで「ザイズ」というあだ名だった。身振り手振りを交えて一生懸命物事を説明しようとする姿が忘れられない。私の好きな範疇の人物だったが、あまりに波長が違い過ぎて戸惑うばかりだった。

篠田の話によると浪人して北大に入り、北海道と長野県の高校で教えたとのこと。生徒との関係はどうだったろうか？　教員時代のあだ名は？　まさか「ザイズ」ではあるまい。

彼には電話をして飲む約束をした。

席が隣だった竹田はあだ名付けの名人。クラスのあだ名はほとんど彼が名付け親。柔道2段？　で県大会常連の筋骨隆々の黒石もユニークだった。先日、篠田や他の友人達と一緒に彼の自宅で奥さんの手料理をご馳走になった。

今思うと、あのクラスは個性が豊かだった。担任は大変だったと思うが、私も含めて一癖も二癖もある輩があれだけいれば十分「変人クラス」だ。私が担任だったら毎日学校へ行くのが楽しくて仕方がなかっただろう。今の子達と比べると皆骨太で大人だった気がする。

生徒が授業中質問しないのは今も昔も同じだが、変人の私には関係ない「しきたり」。逆に「みんななぜ質問しないんだ？」と思っていた。

現国の教材は確か安部公房の『棒』だった。カフカにも『変身』という小説があったが、あの類の小説はわざとらしくてどうも好きになれなかったので、「言いたいことがあったらはっきり言うべきだ」と教師にからんだ。彼は「こういう形でなければ表現できないものもある」と説明したが、回りくどくて何を言いたいかわからないと食い下がった。私はリアリズム派だったようだ。物理や数Ⅲは私にとって「シュール」そのものの世界で、何を質問したらいいかすら思いつかなかった。世界史の時間には「ナポレオンは、自分の権力欲で戦争を起こし、やったことはヒトラーと同じではないか？　大勢の兵士や民間人を殺したのになぜ英雄なのか？」と質問し、教師を困らせた。

皆、忘れているようだがこんなこともあった。授業中、蟬《せみ》が教室に迷いこみ、授業に退屈の余り、窓際の席の奴がその蟬を捕まえ、蟬（当時の蟬は今より元気だった）は必死に逃げようとし、「鳴くわ」「暴れるわ」の大騒ぎで授業どころではなくなり大爆笑だった。教師も苦笑していた。蟬は無事逃げたが、騒ぎの元凶の名前は忘れた。

12. 高校時代　その四　知らぬは当人ばかりなり!

通知表を隠すのは生徒の「文化」らしいが、良かろうが悪かろうが「いじましい（けち臭い）」感じがしていやだったのでいつもオープンにしていた。「見せろ」と言われて「いいよ」と快く見せたが、「八ヶ岳みたいな通知表だ」とからかわれた。国語は特に勉強した記憶はないが、自然に点がとれた。社会科は元々好き、数学は完全に手遅れ。

英語は完全に独学で先輩が勧めてくれた『新々英文解釈研究』が私のバイブルだった。全文ノートに写して訳を施し単語帳を作って何回も繰り返したので本がボロボロになった。この本は捨てるに忍びずまだ持っている。訳文に味があったので訳せば訳すほど面白くなり長文読解が楽しみになり、教科書は物足りなくなった。必ず音読したので、癖がついて困った。目も口も耳も手も使えるものは全部使った。

当時の電車の連結の部分は両サイドに扉があり半ば個室状態、そこで『和文英訳の修行』という参考書の５００の例文を毎朝音読（読経）した。停車中はさすがにやめたが運行中は続行。

知らぬは当人ばかりなりだが、運行中でも前後の車両に私の声が聞こえていて「あいつは何者だ?」と「世間」や沿線の学校でも話題になっていたらしい。中学の同級生も知っていた。

おかげで英作文は得意になったが、今考えると常軌を逸していた。1年以上(当時は土曜も授業)毎朝繰り返していたので、最後は「蔑視から尊敬へと世間の目が変わったかも?」なんてことはありえないが、まあ過ぎたこと……。試験中に問題を音読してしまわないかとヒヤヒヤしていた。海外旅行で会話に苦労しなかったのは、この鍛錬のおかげだ。自然に言葉が湧きだしてきた。外国では相手の迷惑顧みず、いつでもどこでもテーマを選ばす積極的に会話した。

学期一回の実力テスト(英数国)の上位は廊下に張り出され、ガリ勉のおかげで3年時は英語や国語は大体トップだった。浪人時の代ゼミの模試の英語は全国一番だった。「愚行を固執すれば賢者と成るを得ん」だ。「普通」の生徒達は奇異の目で私を見ていたと思う。一年の時の担任には「急にどうしたんだ?」と驚かれた。当時は(も?)人が私をどう見ているかなどということはどうでもよかった。数学は『大学への数学』という見の程知らずの難しい参考書を選んでしまい、何の役にも立たなかった。

篠田は最近こんなメールをよこした。

「高校時代のあなた（私のこと）は、遠くに投げても鳴り止まないゼンマイ仕掛けの目覚まし時計みたいだった。かまうとむきになって同じ口調で言い返してきて面白いので、またちょっかいをだした記憶があります。（「偉そうに何を言いやがる！」）

運動オンチなのであまり遊んであげずにすまなかったです。勉強ができるだけの胡散臭いやつではなかった。かといって、人を惹きつける強烈な魅力にはまだだった。……いじめられることがあったら助けてやろうと思っていた。今回、同級会を催すことになり、あまたの同級生が「島田はくるんだろうな？」と私（篠田）に尋ねたので、その人気ぶりがトリックスター（いたずら者）には悔しいほど羨ましかったです。だが、それは私もそう思ったのです。そして、あなたの人気ぶりは友人としての私の人気でもあり、自慢の種でした。多分、変わらないあなたの残影をもとめて、みんな集まったことと思います」。

多分みんな50年後の変人、つまり篠田や私の末路に興味があったのだろう。さすがの私も年をとって丸くなったが「三つ子の魂百までも」だ。

当時の私はクラスの変人（？）達が面白く、彼らに好奇心を持ったものの、共に生きていくという意識ではなかった。いじめられることはなかったので篠田の出番はなかったが、今振り返ればいつも自分のことで精一杯で周囲は楽しい景色だった。なんと嫌な奴だ！　篠田の指摘は正しい。

母には申し訳ないが、仮に父のパージがなく、そのまま「恵まれた環境」で育っていたら「鼻持ちならない奴」になっていたという気がする。神の差配というべきか？　高校のクラスは多様性があって退屈しない高校時代だった。

最近は貧富の差が広がり、格差が固定化しつつあると言われるが、そうであればあるほど、大人の配慮が必要だ。子供は自分で選べないので、ガキの頃から過度の選別が行われれば社会はますますタコツボ化し分断が進んでいくだろう。自分の世界以外の世界は見えなくなる、選別はいずれ行われるだろうが焦ることはない。自然にまかせればいい。学費だけで1千万円かかる幼稚園もあるそうだが、果たして……？

クラスの中には色々な子がいていい。私の小学校には知的障害のある子もいたし、私よりもずっと貧しい家の子もいたが一緒に遊んだ。そんな中で育まれるものもあるのだ。

彼は途中で転校したが、帰省した時、偶然彼と出会い女房を紹介した。彼は少し吃音があったが、私のこともしっかり覚えていて、自分の近況を熱心に話してくれた。共同作業所で働いているとのことだった。よく遊んだ幼な友達だが、彼のことを思い出すとなぜか気持ちが優しくなる。近況を知りたくて作業所に電話したが、作業所の数が多すぎて所在を確かめることはできなかった。

周りが同質の者だけになると想像力が働かず社会が見えなくなる。自分の生活範囲以外のことは中々わからなくなる。そんな人ばかりが政治家になると中々貧乏人のことはわかるまい。せめて小中だけでも多様性を大切にできないだろうか？　そういう中で子供達は色んなことを学んでいく。確かに学力の高い子達を集めると効率はよくなるだろう。効率の良さだけを求めていくと最後は分断された居心地の悪い社会が残る。格差社会は手に負えない亀裂をもたらしている。他者に対する想像力が働かなくなるのでは？　渦中にいる子供達には選べない。「だからこそ大人が」と思うが、無理だろうか？

高校時代の痛快事は制服・制帽の廃止だったが、生徒総会で自由化に反対する演説をした者もいて面白かった。何事でも強制が大嫌いな私は言うまでもなく廃止派だ。そもそも衣服や帽子まで他人に強制されるいわれはない。パンツの色まで指定している学校もあるそうだが、常軌を逸している。頭の上から足の先まで生徒を管理してどうしようというのか？　そんなことをしていて生徒の自主性など育つわけがない。服装や髪型などは生徒個人や家庭の問題だ。「家庭で解決すべき問題を学校に押し付けてはならない」と言っても無理なことはわかっているが、釈然としないまま教師稼業を続けてきた。

最近は都立校でも「ブラック校則の廃止」なるものが進んでいるようだが、生徒の声を生かした改革のストーリーを作ればいいのに、どうして上からの命令で変えようとするのか？　そうすれば生徒も自信を持つだろう。生徒に無理なら、生徒が参加できるストーリーを教員が作るべきと思う。そのための生徒会だ。

制服・制帽の強制は人権の侵害だとして圧倒的多数で廃止は決議され、生徒会と学校側との交渉の末、我々は勝利した。こんな体験をした生徒（私）が教師になったからといって生徒の服装や髪型をとやかく言うのは筋が通らないと思っていた。

笑い話のようだが、決議のあともみんな学生服のままだった。つまりほとんどの生徒は代わりに着るものもないし金もない、しかも信州の冬は寒い。制服なるものは大嫌いだった私もやむを得ず卒業まで（夏は除く）詰襟の学生服で過ごした。ダウンもなかったし、GパンもTシャツもまだ流行っていなかった。

しかしこれは自治と民主主義の貴重な体験だった。学校以外でこうした体験は難しいと思う。だからこそ教員は粘り強くこうした体験を組織すべきだ。廃止決議の後、生徒総会で自由化反対の演説をぶった人物が山高帽で通学してきた。自由にしたらメチャクチャになるぞとアピールしたかったのだろうが、メチャクチャなのは本人だけだった。

変化に反対する人々は「予言者」（変えると大変なことになる）が多いが、実際には杞憂にすぎぬことが多い。不合理なものは話し合いを踏まえて、躊躇せず変えていくべきだ。自分達で壁を破る体験は貴重だ。

何十年ぶりに卒業のクラス写真を見返して、一番笑えたのは中山つまりオヤジのポーズ。皆（篠田ですら）真顔で正面（カメラ）を見ているのに、最上段で一人だけ斜め上空を見つめ、口元を引き締めて「未来を見つめる青年」のポーズ。

かく言う私は、ポーズをとるのに疲れたせいか前列の小泉の両肩に手を載せている。白黒写真の小泉の両肩に背後霊のように私の両手がくっきり。誰か気がつきそうなものだが写真屋も当の小泉も何も言わなかった。私も後で写真を見てから驚いた。

Last but not least という言葉もあるので篠田には悪いが「篠田君は特別枠」ということで、2組の変人大賞はオヤジと私で山分けにしよう。学年には女子が7～8人（?）いたようだが、私のクラスには女子はいなかった。あのクラスに女子がいたら生きていくのが大変だったろう。私には学校に女子がいたという印象すらない。

〈挿話〉「二つの顔」

丸山は植木等のような雰囲気があり面白い奴だった。高校時代も彼のユーモアとエスプリ（機知）には感じ入っていた。でもそれは親しい友人と私だけに見せていた顔だったかもしれない。久しぶりの高校のクラス会で「十分素質があったのに、なぜデビューしなかったのか？」と聞いたら、「鋭いな」と言われ、「開花すると歯止めが効かなくなるという恐れがあり抑えていた」と述懐した。多分彼は敢えて目立たないようにしていたのだ。でも私には少し、ガードを緩めていたのかもしれない。大学も学部も一緒だったが、会う機会はなかった。

彼は堅気の企業に就職して偉くなったらしいが、会社時代はどちらの顔で生きていたのだろう。勤勉で冗談ひとつ言わない厳しい会社員の顔か？　それとも時たま私に見せていた顔か？

「会社はありのままの自分をさらけ出して生きていけるような所ではないらしい」から、やはり前者で生きていたのだろう。私は人生のどんなステージでもスッピン（化粧なし）

で生きていたからストレスはあまり感じなかったが、彼が時たま私に見せていた顔は「息抜き」の顔だったのかもしれない。

私はすべての時代を「ありのままの自分」で生きていたが、前述の柳瀬（中学の同級生）から「一体どこの誰がお前のような生き方をしているんだ⁉　よくそんなで世の中生きてきたな？　皆ストレスを抱えながら、競争社会の中で緊張して生きているんだ！　そんな気楽な生き方でどうしてやってこれたんだ！」と説教された。「俺って昔からそうだったの？」と聞いたら、「そうだ、井口（前述）もお前も、いつもマイペースだった」と答えた。そう言えば生徒達も「マイペースな島田先生」と言っていた（第三章）。自分が「特別な生き方」をしているとは思わなかったが、やはり「普通の人」ではなかったようだ。普通でない人を「変人」という。

「高校時代はトップになろう」というよりも勉強したら自然に成績優秀者になった。嬉しかったが、それ以上でもそれ以下でもなかった。会社でも後述の如くユニークな世界だったので「**出世**」などということは考えたこともなかった。教員は少し特殊な社会だが、私も含めて管理職指向の人は少なかったし、私自身、**管理職**になろうなどとは露ほども思わなかった。

どこでも遅刻も無断欠勤もなく真面目に働いた。勿論、好きなことは人一倍、嫌いなことは適当に……。うまく説明できないが、柳瀬に言わせると、私はどうも「**降りていた人**」らしい。

そんな意識は全くなかったが、上役からすると私のようなタイプは最も「**困ったチャン**」だそうだ。つまり、人と自分を比較せず、いつもマイペースで、周囲の人々の競争相手ではなかった。柳瀬のおかげでこの年になって初めて自分の特殊性に気がついた。

13. 東大入試が中止になった

現役の時は傲慢なことに第一志望の国立しか受験しなかったので、不合格だったが、甘いことに1年浪人すれば何とかなると思っていた。1968年は東大紛争についてのニュースが連日流れていた。受験生としては最大の関心事だったからニュースには注目していた。世の中何が起こるかわからない。

東大闘争は医学部卒業生のインターン制度（無給・無資格・無制限労働）の廃止要求から始まったが、学生達の抗議行動は退学を含む多くの処分者を出し、杜撰な処分が行われた（交渉現場にいなかった学生を誤認処分）。しかも教授会は取り消さず、これが学生の怒りに火をつけ、東大全共闘が結成され全学部が無期限ストに突入した。受験生としては無関心ではいられないからニュースは欠かさず見たし、ほとんど全共闘サポート雑誌であった『朝日ジャーナル』も読んだ。時流を作り、時流に乗ったからよく売れたのであろう。

東大全共闘は、大学は資本主義のための「教育工場」であり、全学バリケード封鎖による「東大解体」と学生や研究者という特権的身分を自ら否定する「自己否定」が必要であると主張し始めた。観念論の極致だと思った。この全共闘に当時「新左翼」と呼ばれた過激派のセクト（中核・革マル・社青同解放派　等）が流入し、両者は混然一体化し過激化が進んでいた。

東大当局は１９６８年12月29日、翌年（69年）の入試の中止を発表した。この戦いの収拾を巡って、全共闘と民青（共産党系）・無党派グループとの対立が生じ、後者は共同して各学部の学生大会で代表団を選出して統一代表団を形成し、1月10日、秩父宮ラグビー場で7学部自治会代表と職員組合他と当局との大衆団交を実現し、当局との間で「10項目確認書」（医学部処分の白紙撤回と学生自治活動の承認他　詳細はネットでお調べ下さい）が交わされ、各学部のストは解除された。

全共闘と過激派セクトは闘争継続を主張して安田講堂の占拠・封鎖を続けたため１９６９年1月18日から19日にかけて、警視庁の出動要請を受けた機動隊が安田講堂の封鎖解除を行い、当時のテレビは丸一日この場面を報道した。視聴率は高かっただろう。

今でも思うが、全共闘や過激派セクトはどういう展望を持っていたのか？　安田講堂を占拠してどうするつもりだったのか？（機動隊により封鎖は翌日解除された）果たして展望などあったのか？　最も困難なのは始めた戦いをどう収拾し、何を勝ち取るかだろう。

花火を上げてあとは野となれ山となれ、そして最後は玉砕では戦前の軍部と同じで自己満足の世界だ。そして私も含めて多くの受験生が混乱した。全共闘と過激派セクトは当局との確認書を勝ち取ろうとする民青系の動きを闘いに対する「裏切り」であるとし、クラス委員総会や学生大会妨害の襲撃を繰り返し、衝突が繰り返され、それが全共闘と民青の内ゲバと報道された。

片や東大解体、片や東大民主化。両者が噛み合うわけもなく、話し合いは成り立たなかっただろう。権力は教育の統制と介入を一貫して狙っているから、事はすぐれて政治的な問題だった。そして彼らには政治的視点はなかったと思う。

この二つの路線のどちらを選ぶべきだったか？　仮に東大をつぶしても第二の東大ができるだけだろう。自民党はこの確認書の内容に反発し激しく攻撃したが、もしこの確認書がなかったら東大は文部省の意向どおりの大学になっていただろう。もし東大がそうなったら全国への影響は計り知れなかったと思う。そして当時の東大生の多数は確認書路線を選んだ（『「東大闘争から50年」歴史の証言』花伝社　他より）。現在は全国で学生自治会、いや学生運動そのものが衰退しているようだが、それはまた別の分析が必要だろう。

一方、新左翼と呼ばれた中核派や革マル派・解放派などの過激派セクトの機関紙では明日にも「革命」が起こると言わんばかりの記事が溢れていてまるでプロレス新聞だった。彼らは大学紛争を「革命の起爆剤」と考えたらしいが、彼らにより暴力的・破壊的傾向はさらに強まり、事態はさらに混迷した。彼らの「現状分析」とは違って世間は高度経済成長の真っ只中と呼ばれる大型景気の時代だった。経済成長率は年率2桁を超え、68年には西ドイツを抜きGNPは世界第2位に躍進した。グループサウンズやフォークソングが流行り、マイカーが増え始め、カローラ、サニーなど低価格の大衆車が発売され、田舎でも就職した同級生が車を乗り回していた。ミニスカートやパンタロンが流行り「革命」などとは縁遠い風景だった。

70年、赤軍派は「よど号ハイジャック」事件、71~72年にかけては連合赤軍による「あさま山荘事件」等を起こし、総括と称する仲間内の凄惨なリンチ事件も明らかになり、学生運動の衰退が始まった。70年代~80年代にかけては革マル派と中核派を中心に他のセクトも巻き込んでの内ゲバ事件が頻発し、百人を超える死者を出すにいたった（詳細は立花隆『中核vs革マル』講談社文庫　参照）。彼らのスローガンは「反スターリン主義」だったが、やっていることは自分達と意見の違うものは暴力で排除するというスターリン主義

（ソ連や中国の体制）そのものだった。

14. 生まれて初めての相合傘《あいあいがさ》

東大を目指していたわけではないが、この年の12月に東大入試は中止と発表され、何のために浪人したかわからなくなった。国立は勿論、私大も軒並み難しくなると予想された。数学の成績は中々伸びず希望の学校は難しいと諦め始めていた。

68年度（69年）の早稲田の入試の日は午後から雪交じりの雨が降り出し、あいにく傘の準備はなかった。大学から国鉄（現ＪＲ）の高田馬場駅までは歩いて20分程だったが、後ろから傘を差しかけてくれた女性がいた。入試の話をしたり、高校の話をしたりして高田馬場駅まで一緒に歩いた。礼を言って駅で別れたが、中学卒業以来、母親以外の女性と二人だけで話す機会などなかった私はドキドキしていた。感じのいい人だったが、実はこの話には続きがある。

大学入学後、何と傘を差しかけてくれた子の高校の同級生と一緒のクラスになったのだ。私のクラスには女子は二人だけだったが、一人の子が突然「入試の日に傘をさしてくれた子がいたでしょ?」と話しかけてきたのだ。びっくりして「何でそんなこと知ってるの?」と聞き返した。

相合傘の彼女に名前を言った記憶はないが（言ったかも?）、どうして私のことを知ったのかという経緯は思い出せない、いま思うと「アンビリーバボー!」だ。お釈迦様が垂らしてくれた「蜘蛛の糸」だったのかもしれない。小説だとここからロマンスが始まるのだが……。

彼女はお茶大に合格したと聞いたが、雪の日に傘をさしかけた「素敵な若者」（私）との語らいが彼女の心に残ったのだろう。友達と話している内に「クラスにそれらしい人いるよ」（クラス名簿は配布されていた）という話になったのかも? いずれにしても偶然を超えていた。

残念ながら彼女が傘をさしかけた「素敵な若者」はこと男女関係に関しては極め付きの奥手であった。後でこの話を友人にしたら、「何で連絡をして会わなかったんだ? バカ」と言われた（いつものパターン）。

今考えても詮無き事だが、その後の激動の時代の中で、蜘蛛の糸は切れ、いつの間にかすべては時の彼方の「儚い」出来事になってしまった。人偏に夢と書いて「はかない」と読む。これは素晴らしい漢字だ！

彼女はもう私のことなど覚えていない（？）だろうが、どんな人生を送っただろうか？この類のことに関しては幸薄い私はこんな些細な出来事をいつまでも記憶しているのだ。

存命とは思うが、二人共既に70代。「命短し恋せよ乙女、恋せよおのこ」である。次はこの話を導入に小説にチャレンジしてみようとも思うが、残念ながら、体験のない私の荒唐無稽な話になりそうなのでやめておく。

徒然草には意外と色恋の話がある。「よろづにいみじくとも（万事に優れていても）、色好まざらん男は、いとさうざうしく（ものたりない）、玉の卮《さかづき》の当《そこ》なき心地ぞすべき……さりとて、ひたすらたはれたる（色恋に溺れる）方にはあらで、女にたやすからず思はれんこそ、あらまほしかるべき（好ましい）わざなれ」（第三段）。要するに「恋をしない男はつまらん奴だが、かといって色恋に溺れるのも好ましくない」。私は溺れたかったが、溺れるチャンスは全くなかった。

15. さすが東京!

浪人時代に友人に誘われて、夜の早稲田を訪れたことがあった。門はなく夜でも自由に大学の中に入れた。門がないというのは気に入った。

構内を歩いていると、数人の男女の歌声が聞こえてきた。夜の構内は行きかう人もなく、歩きながらきれいにハモっている彼らの歌声がキャンパスに響いていた。正面に見える時計塔と広場を囲む左右の校舎が古代の劇場のようになって、夜の静けさの中で反響したのだろう。月夜と時計塔の光と歌声、ハーモニーそのものだった、この学校も悪くないなと思った。

幸いなことに私大はすべて合格した。合格通知と入学書類を抱えて帰ったら母はとても嬉しそうだった。女学校の担任が早稲田の出身で「都の西北」を何回も聞かされたそうだ。「生活費は何とかするから入学金と授業料だけは何とかお願いします」と頼んだ。4月は学生サークルの勧誘やセクトの宣伝でキャンパスはカオス状態。キャンパスの至る所で討論の輪ができていた。上述した夜の印象のせいで、楽譜は読めなくても歌が好きな私は、つい柄にもない合唱サークルに入ってしまった。物置にサークルの雑誌があり、それを何十年ぶりに読んでみた。巻頭の文章を紹介する。

……ここには生身の人間はいない　いるのは殻の中に身を潜め　割られるのを必死に拒んでいる人間達……すべての問いかけは　いつまでも問いかけのカテゴリーから脱却できない……ただ現実がその解答に肉薄していく　機動隊導入。ロックアウト……。あるものはメットをかぶりデモの隊列に加わる……あるものは練習場を探しまわる……

ここはぬるま湯の中　白熱した議論のぶつかり合いはない　あからさまな冷淡さは見えない　あるのはただ得体のしれない停滞……出るに出られず　出られずに出る　男・女・男・女　平穏無事な毎日……

傍観者的だが、アイロニカル（皮肉っぽい）でリアルだ。当時の私は同じ年齢でこんな文章をサラッと書く人物がいることに驚いた。高校時代にこんな文章を書く者はいなかった。

彼が文学部ならまだ許せたが、理工学部の数学科だった。彼はいつも部室の隅でギターを抱えて『アルハンブラの思い出』（ギターの名曲）を弾いていた。「そういうことやってると却って嫌われるよ」と忠告してやろうと思ったが、余計なお世話なのでやめた。つまりカッコつけすぎ！

数学とギターと文章力。私にないものばかり……。「こんな奴もいるんだ」「一つでいいから分けてほしい」と密かに思った。とっつきにくい雰囲気もあったが、私はよく彼と話した。

彼のたっての依頼で、私もキレジノフ・イボジンスキー名で当時流行っていた小説の題名をもじって「されど我らが悲日」という一文を寄稿した。言わば私の処女作だが、私の文章の冒頭には「読まないほうがいい随筆」と題がつき、最後には「気分転換のため空白とします……編集部」とあった。寒波で水道管が破裂し、トイレの水も止まった日の出来事を書いた「香気」溢れる文章だったが、私の全集には載せないようにするつもりだ。私はサービス精神が旺盛なのだ。彼は今どうしているかな？　嫌いじゃなかったよ。

今の人達にはわからないだろうが、子供の頃、長野から東京までは汽車で10時間程かかり、上野で下車した時には足がふらついた。大学時代は電車で片道4時間以上（現在は新幹線で1時間半）かかった。テレビ局はNHK以外は信越放送のみ。ネットもSNSもない。上京して初めて新宿で下車した時は、余りの人の多さに、今日は何か祭りでもあるのかと思った。東京の文化が地方へ伝わるには時差があり東京と地方の格差は大きく、「中心と周縁」という言葉を使えば、私は正に周縁の人間だった。そして私は東京に憧れていた。

流行にはすべて時差があった、流行が定着すると文化になる。そう言えばファッションのみならず、思想にも流行《はや》り廃《すた》りがあるようだ。すべては移ろい、変化してゆく。教員時代は「もう勘弁してくれよ」という感じだったが、女子のスカートの丈は伸びたり短くなったりして階段を登るのも一苦労だった。さらにガングロ・ボンタン・パンツ丸見えの腰パンというのも流行った。生徒の合宿引率で地方に出かけた時、駅前でボンタンでたむろしている地元の高校生達がおり、女生徒達は「まだボンタンはいてる」と密かに嘲笑していた。私は人差し指で「シー」と口元を抑えた。

ファッションも思想も流行にのらないと「ダサイ」ということになる。新しいものにすぐ飛びつく気持ちもわかるが、自分の頭でゆっくりと噛み締めてみる必要もあるのでは……。

当時の早稲田は古い校舎の地下に迷路のような廊下があり、廊下に沿って部屋が沢山あり、その一つ一つが島宇宙（宇宙の星の集団をさすが、同じ価値観や趣味を持っている人々の集団）をなしており、それぞれの島宇宙はそれぞれ別世界だった。多種多様なサークルがあった。

あの夜のハーモニーの記憶もあり、私が偶然入ってしまった島宇宙は本格的な合唱サークルだった。私は単純に歌が好きレベルだからそもそも勘違いしていた。

初見（楽譜を見ただけ）で歌える人間が存在することが信じられなかった。合唱曲は『旅』とか『水の命』、バッハやモーツァルトのミサ曲、山や川や自然を歌った前者は好きだったが、『キリエ　エレイソン』（主よ憐れみたまえ）は私にとって縁遠い世界だった。演奏会へ行く人物も多く、楽譜を見ながら「昨日の演奏会はバイオリンの音がずれていた」などという会話をしているメンバーもおり、正気の沙汰じゃないと思った。サークルのメンバーは育ちの良さを感じさせる子達が多く、合宿やハイキングはそれぞれ楽しかったし、外の世界に目を向けなければ確かに「平穏無事な毎日」だった。瀬戸内へのグループ旅行に誘われたこともあったが、金がないので断った。

サークルの友人のおかげでオペラや歌舞伎や浄瑠璃の世界を初めて知り、彼の家でワーグナーのワルキューレを本格的なステレオで初めて聞いた。ナチスの集会のバックミュージックだったらしいが、「すげえ」迫力だった。子供の頃読んだ北欧神話のおかげで話についていけた。当時話題だった三島の『椿説弓張月』も彼と一緒に国立劇場で観た。彼に誘われなければ、国立劇場など行くこともなかっただろう。彼にとっての日常は私にとっての非日常。彼との出会いがなかったらオペラも歌舞伎もステレオも縁のない世界だった。今考えれば文化格差（というより所得格差）そのもの。彼がなぜ私と親しくなったのか？田舎者の私が物珍しかったのかも？　とにかく東京へ来た甲斐はあった。

ハーモニーの美しさを追求することに喜びや意味を見出す世界、波風のたたない人間関係、勿論それもありだが、私のいるべき世界ではないことに気づき始めた。徐々に足が遠のいていったが、サークルをやめた時、二人の女性から「やめないでほしい」という手紙をもらったので何かの間違いだろうと驚いた。このサークルの日常とその後の3年間の落差は天と地であった。

女性はお嬢さんタイプが多かったが、皆で新宿へ飲みに行こうという時、ある子が「島田君も行く?」と言うので、「なぜ?」と聞いたら「あなたが行くなら安心だから」と言われた。この返事も当意即妙（機転がきいている）であったが、情けないことに「当たり」だった。

彼女はコケティッシュ（?）で、私のように受験勉強なんてダサいことに時間をかけず、サラッと入学してきた感じの都会の子。私は序の口で彼女は幕内。私を揶揄《やゆ》（からかう）したのか、挑発したのか、その両方か？　それとも「私と一緒に行きたかった」のかわからないが、私は彼女が見たことのないタイプだったから、珍しかったのだろう？

私のようなタイプが、そうやたらにいるわけがない。彼女は見る目があったのだ（ということにしておこう）。言えるわけもないが、「二人だけで行こうか？」と言ったら何と答えただろう？

そんなことは言えるわけもなく、そもそも金がなかった……。忙しいので妄想に浸っている暇はないが興味深い人だった。結局行かなかったが、今の私は前頭ぐらいにはなっていると思うので誘われたら勿論お供します。爺さんと婆さんで昔語りをしながら飲むのも楽しいだろうと思います。

16. 父について

少し父の話をしよう。実家には父の松高（前述）の卒業アルバムがあり、そのアルバムの裏表紙には「美しきものは永遠の喜びである。……そして決して無になって消え去ることはない」というジョン・キーツ（イギリスの詩人）の詩の一節が記されている。

北アルプスの山々と美しい自然に囲まれた松本の町と古城、寮や教室での友人との語らい。父と松高の話をする機会はなかったが、叔父は酔った時など松高の話をすることがあり、その時は本当に楽しそうだった。叔父は理系クラスだったが、シェークスピアをドイツ語読みで発音し、「こいつは誰だ？」と聞いた友人もいたそうだ。

生協で北杜夫の『どくとるマンボウ青春記』を手にしたのは大学1年の時で、確か青空を背景にした安曇野の写真が表紙だった。ユーモアの中に散りばめられた信州の自然の描写は秀逸だった。松高は全国の山好きの青年達をも惹きつけたのだ。そう言えば実家の下駄箱に父のものか、叔父のものか不明だが折れたピッケルがあった。

「こうして20年以上経っても鮮明に網膜に残っているのは、信州の冷えびえとした大気の中にひろがる美しい山脈である。……西方のアルプスの彼方に日が落ち、松本平を薄もやがおおい、山々はうす蒼く寒々とした影となって連なっている」（北杜夫『どくとるマンボウ青春記』）

「……松本は寒いけれど雪は多くありません。それでも「スペードの女王」がアイシャドーを塗った妖しい目でウィンクするような夜、窓の外には吹雪が吹き荒れていたはずです、そんな暮らしの中で、長い小説に引きずられて、何度徹夜したか知れません。……夜が明けると西に連なる北アルプスの雪を頂く峰々が闇のそこから浮かび上がってきます。やがて日が昇り山々は一斉にバラ色に輝きました。それは水晶さながらの崇高さでした。」（辻邦生『信州の寒夜とロシア文学』より、北も辻も松高の卒業生　二人共、松高の「思誠寮」で高校時代を過ごした）

どうしてこんな文章をさらりと書けるんだ⁉　大体『スペードの女王』（プーシキン作）

は読んでいないので「スペードの女王」がアイシャドーを塗った妖しい目でウィンクするような夜はどんな夜か想像もつかない。辻の作品は『背教者ユリアヌス』が面白かったが、辻はかっこよすぎる。北杜夫は違和感がない。いずれにしても彼らの小説で文学の魅力に触れた気がする。北杜夫は若い頃の小説（『少年』・『牧神の午後』・『幽霊』・『楡家の人々』等）が好きだ。

なぜか他人とは思えない北杜夫に刺激を受け、松本駅に降り立つ登山者達の姿に憧れていた。学生時代に北アルプスの表銀座や周辺の山々を縦走したが、ほぼ垂直の壁を登り切った槍の頂上は狭くておっかなかった。

北杜夫は父より10年ほど後輩で、『どくとるマンボウ青春記』の中で旧制高校的なものは既に形骸化していたと書いているが、名物教師（ヒルさんは有名）や寮生活・寮のストームや記念祭等の記述は父や叔父の時代と同じだっただろう。信州の自然と、自由で奔放な旧制高校生達の青春と感傷が抒情的にかつユーモラスに語られていた。叔父からもらったヒルさん（蛭川幸茂氏）の『落伍教師』上下二冊も面白かった。

父の写真を見るにつけ「古き良き時代」への憧憬と共に、父や叔父の青春が彷彿として蘇ってくる。今は外国人など珍しくもないがドイツ人やアメリカ人の外国人教授の家族が住み、欧米の学問や文化に触れられるヒマラヤ杉に囲まれた校舎は当時の長野県の旧制中学生の憧れだった。当時の旧制高校は全国区で松高生の半分は長野県以外の出身であり、都会の出身者も多かった。

松本は当時の長野県でもハイカラ（欧州風でしゃれている・洗練されているという意味）な町だった。外国や都会の文化が外国人教師や都会の学生達からもたらされていたのだ。当時は長野から松本まで2時間近くかかったが、学問も友人も教師達もすべてに父のカルチャーショックは大きかっただろう。

当時は旧制高校に合格すれば帝大に進学できた（定員が同じ）。進級は厳しかったようだが、彼らは受験などに煩わされることなくゆとりを持って青春を謳歌したのだ。わざと留年し、辻邦生のように6年間過ごした例もあったらしい。「旧制高校の復活」などはアナクロニズムそのものだが、昨今の「エリート」のありさまを見るにつけ、忖度《そんたく》ではなく矜持《きょうじ》を持ったエリートの育成を考えるべきと思う。

母は「父さんがああなったのは松高と京大のせいだ」と口にしていた。父の時代は学生の中に左翼運動が残っていた戦前最後の時代だった。当時の松高は長野県の左翼運動の拠点とみなされており、野間宏（小説家）は父と同じ時期を京大で過ごしたが、小説『暗い絵』の中で、当時の京大は左翼学生の「楽園」（帝大では唯一京大のみが処分歴のある高校生を受け入れていた）だったと書いている。父も彼らの影響を受けただろう。

松高に限らず旧制高校は多くのカウンターエリート（反体制派のエリート）を生み出し、彼らは左翼運動を理由に処分されているが、40人足らずの父のクラスでは5人も処分されている（松高同窓会誌「我らの青春ここにありき」より）。

エリート故の使命感が彼らを駆り立てたのだろうか？　松高・京大を通じての同窓生・布施杜生（哲学科）は反戦ビラの配布で逮捕され、獄中で拷問死している。当時は現在以上の格差社会だし、マルクス主義は究極の理想主義だった。地方の警察官の息子として育った父は、やがて彼らと共通の言語を身に付け、それまでの友人や家族や親戚とは違う文化空間に属することになり、当時の禁断の思想にも目を開いていったのだろう。

父の高校時代は「教養主義」の息づいていた時代だった。私の学生時代は教養主義の残滓がかろうじて残っていた時代かな？　漢字も満足に読めない人物が首相や財務大臣になる時代は教養が軽視されている時代だろう。彼は法律を学ぶものなら誰もが知っている芦部信喜氏の名前すら知らなかったようだ（2013年3月24日　参院予算委員会での小西議員の質問）。憲法の何たるかを学んでいない人物が改憲を語ってどうするのか？

一国のリーダーたるべき人物には幅広い教養が必要だと思う。私も読めない漢字が多々あるが、私と比較してもらっては困る。漢字が読めないどころか、トンチンカンな発言（「ナチスに学ぶべき」麻生）が多すぎる。そもそも漢字が読めないということは本を読んでいないということだろう。

家にあった父の大学時代の洋書テキスト（『西洋史外観』）を読んだが、市民革命や立憲主義・法の支配・文民統制に至るまで克明に説明されている。取材した旧上田中学の永井さんは「島田先生は大正デモクラシーの雰囲気を漂わせていた」とおっしゃっていたが、父は大正デモクラシーの時代に育ち、そして松高と京大で左翼思想の洗礼を受けたのだろう。

オーソドックスな西洋史（自由や人権や民主主義）を学んだ父にとっては、戦前の神がかりな日本の学校教育は耐えられなかったと思う。しかし疑問や批判を口にしたら家族にまで累が及んだから、父は授業で心ならずも「八紘一宇」（全世界を日本が統一するという戦前のスローガン）や「聖戦」を語らざるを得なかった。まして祖父の末之助は叙勲までされた刑事だ。父が逮捕されるようなことになったら、祖父も警察を辞めざるをえなかったろう。

そのことに対する忸怩《じくじ》たる思いもあったのだろう。生徒の戦死（『未完のたたかい』p110～）や敗戦を契機に「二度と戦争を繰り返させない」と決意した。父はその思いを貫いて職を失ったが、その後の人生を農村民主化運動と平和運動に捧げた。

上田中学の島田塾のメンバーの一人長井利二氏は上田中学卒業後、海軍兵学校に進んだが、卒業の年マリアナ沖海戦で戦死した。本人は旧制高校進学希望だったが、家庭の事情で給与の出る海兵に進学したらしい。父の可愛がっていた生徒の一人であり、父の衝撃は大きかったと思う。長井氏については前著で詳述したが、ご遺族から丁寧な手紙を頂いた。

高校の化学の教師は1時間かけて父のことを語り、何人もの教え子達や父を知る多くの人々から父への賛辞を聞いた。口先だけではなく実際の生き方で信念を貫いた父は多くの人々に影響を与えた。父はあの時代を自分の信念に従い全力で駆け抜けたのだと思う。市民会館で行われた父の葬儀には全国から700人を超える人々が参列した。

17．母について

母は上田の旧家の出身だが、そのことが母の誇りだった。戦時には防空挺身隊のメンバーだったが、その時の責任者であり、祖父の親友であった上田の警察署長が旧上田中学の教員だった父を紹介し仲人をした。この方は父の死後、私達家族に並々ならぬ配慮をして下さった。

母にとって父の失職は全く予期せぬ出来事だったと思うが、お嬢さん育ちであったにもかかわらず、母は現実を生き抜く「才覚」を発揮した。その才覚が我が家の生活を支えた。おそらく自分のものなどほとんど買わなかっただろう。長野県東部に「までい」という方言がある。母からはよく「までいにしなさい」と言われたが、方言辞典では「時にけちくさいほどまめまめしく働く様子」とあった。

母はきれいな人だったので再婚の話もあったようだが、再婚もせず私と妹を育てた。母を支えたのは観念や思想ではなく、どんなことがあっても子供達に惨めな思いはさせないという思いと自分の出自への矜持（プライド）であったと思う。能天気な息子はそのおかげで大学まで進学できた。父は観念(ゾレン＝べき）の世界の人であったが、母は現実(ザイン＝である）の世界の人であった。確かゲーテの『イタリア紀行』という本の中に「二つに引き裂かれる私の魂」という文言があったが、私の魂はいつも父と母の間で引き裂かれていたような気がする。厄介な出自を背負った少年だ。

学生時代の母からの電話の枕言葉はいつも「お父さんのようなことはしていないでしょうね？」だった。父はアクセル・母はブレーキかな？　父と母が私の人生に何とかバランスを与えた。父からは範とすべき生き方をもらい、母からは明るさと堅実さをもらった。父は世間や親戚から見ればとんでもない人で、家族に迷惑をかけたが(一番の犠牲者は母)、母には申し訳ないが金や地位にこだわらず、信念を貫いた父の生き方はカッコいい生き方だったと思っている。

18. 疾風怒濤の時代　その一「後悔先に立たず」

入学式らしきものはあったような気がするが、当時の早稲田はカオス状態。さすがの私もえらい所へ入ったと思った。構内の至る所で討論の輪ができ、私もオルグされた。

フランス語のしゃれた響きにも惹かれ、レジスタンス文学に関心もあり、柄にもなく第二外国語は仏語をとってしまった。でもこれは大きな失敗だった。そもそも私はドイツ語タイプだった。ローカルボーイの私がシティボーイ達のクラスに入ってしまったのだ。

なお始末の悪いことにそこに政治的対立が加わり、居心地の悪さと言ったらなかった。クラス内には自称「全共闘」「革マル」「民青」「ノンポリ」その他が混在し、正に時代の縮図だった。全共闘の諸君とはよく稚拙な議論をしたが、口を開けば当時流行の「自己否定と大学解体」「加害者意識」。「戦後民主主義ナンセンス」「形式民主主義否定」「直接民主主義の実現」etc. etc.

「本当にそう思うならとっとと学校やめたら」と思ったが、そんな気はないのはわかっていたし、「それを言ったらおしまいよ」と思ったので、敢えて口には出さなかった。私はバイトと奨学金で暮らしている貧乏学生だった。彼らから覚悟は感じられなかったし、「どうせ長続きはしないだろう」と思っていた。そしてその通りになった。学生会館の管理運営についての要求と授業料値上げに抗議してのストライキはありとしても、全学封鎖や無期限バリケードスト、あげくの果ては大学解体や自己否定まで持ちだして東大全共闘の二番煎じを口走っていたが「彼らは何のために、何をしようとしていたのか？」今もってわからない。

キャンパスで得意満面でデモをしている彼らを見たが、朝日ジャーナル片手に紋切型の体制批判を口にしている彼らに「本気」を感じることはなかった。

当時はサルトルが「流行って」いて「お前サルトルを読んだことがあるか？」と言われた。勿論サルトルの名は知っていたが、受験勉強で忙しかったからサルトルを読んでいる暇などなかった。とにかくタイガースとジュリーも知らなかったのだ。わざと「誰、それ？」と言ったような気がする。これが火に油を注いだようだ。

癪だったからサルトルの『実存主義とは何か』他を読んだ。「実存は本質に先立つ」とか「我々は自由という刑にさらされている」、仏語の「アンガージュマン」（政治や社会への積極的参加）「人間は自ら作るものになる」などという言葉が散りばめられ、彼らの言う「主体性」と、「気分」がわかった。サルトルは選択の結果責任についても言及していたが、彼らはどうもそこは読まなかったようだ。

人間は宇宙の闇からある日突然この世に出現したわけではない、歴史や社会や生活を無視して「さあ君は自由だ、選択せよ！」と言わんばかりの彼らの物言いには全く同感できなかった。

あれから50年経った。彼らはどう生きてきたのだろう？　そして日本の現状をどう判断しているだろう？

語学クラスは2年までで、3年の時には彼らはヘルメットを脱ぎ捨て、全共闘運動なるものは影も形もなくなっていた。彼らは学内の最大の問題（暴力）と戦おうとしなかったし、政治や社会の問題に積極的に関わっていたとは思えなかった。

まだ陰惨な内ゲバなるものが横行する時代ではなかったが、その萌芽はあった。私の学部では革マル派（以下K派とする）が暴力で対立セクト（解放派）を放逐していた。69年には第二文学部の学生（山村政明）がK派の暴力に抗議して焼身自殺（彼も授業に出られなかった）・72年11月には中核派と誤認された学生（川口大三郎　20歳）が8時間に及ぶリンチで殺された。遺体は東大病院の前に放置されていたが、全身打撲のショック死だったという。詳細は樋田毅氏の『彼は早稲田で死んだ』（文藝春秋社）で。

小さな衝突は何度もあったが、1972年7月10日には民青系の拠点であった法学部の校舎を数百人（？）のK派が包囲し突入しようとした。午前中から夕方までせめぎあいが続いたが、もし突入していたら大惨事になっていただろう。あり得ないことに、大学当局は止めることもせず警察の出動を要請しなかった？（近くの公園で機動隊が待機していたらしい）どういう筋書ができていたのか？

当時の「自治会」費と早稲田祭（パンフ代という入場料をとった）はK派の重要な資金源だったと思う。他の過激派セクトも彼らの拠点と称する大学で同様の暴力支配を行っていただろう？　知り合いの文学部の女性に当時のことを書いてもらった。文学部は本部キャンパスから少し離れた場所にあり、門があった。これが彼らの専横を許すことになった。

「1967年早大文学部に入学した私はベトナム戦争に反対するという唯その一点で学生運動に近づきました。当時の文学部はK派と民青という2大潮流があり、民青に近づいたとたんにK派は暴力で私の前に立ちふさがりました。ベトナム戦争反対と言っただけでなぜスターリニストというレッテルを貼られるのか皆目わからないまま、配布していたビラを力ずくで取り上げられ、男子学生は顔面を殴られて血だらけになり、ワイシャツもびりびりに破られて上半身裸同然にされました。女子にも容赦なく襲い掛かり、ブラウスを破られた友人もいます。この暴力は日増しに激しくなり、文学部のキャンパスに入ることすら難しくなりました。どうしても受けなければならない授業はクラスメートに私の周りを取り囲んでもらって教室に入りました。試験を受けられずに留年した友人も沢山いました。この恐怖は卒業後10年近くも夢に出てきて、教室に入ったらそこにはK派が勢ぞろいしていて逃げることができない、という場面で夢から覚めました。」（K）

脱稿後、樋田毅氏の『彼は早稲田で死んだ』（文藝春秋社刊）を読んだが、当時の生々しい記憶が蘇ってきてやりきれない気分になった。私の学部にK派は数人しかおらず、これほどの状況はなかったが、暴力に対する反発が私の運動参加のきっかけだった。

どうも命令や規則が嫌いな私は組織に違和感があったが、組織なしには暴力との戦いは不可能だった。余程強い意志でもなければ、あの時代に個人でその姿勢を貫くことはできなかっただろう。社会の問題に無関心でいることはできないし組織の必要性もわかっているが、自分の正しいと信じることを、自分のできる方法で続けていくことも一つの生き方だと今は思っている。

一過性ではなく持続する志こそ大切だ。人の評価ではなく自分が納得できる生き方ができればいい。あれほどの暴力や人権侵害（授業すら受けられない）に対して、学校当局は目に見える形では何もしようとしなかった。樋田氏の指摘どおり両者の間には癒着があったと思う。

語学授業はクラス討論でたびたび中止になり、大教室の授業は外のアジ演説でよく聞こえず、試験もなしでレポートということが何度かあった。試験がなければ真剣に勉強するわけもない。

授業の出欠と試験に追われず、バイトで生活費を稼ぐことができたことだけは助かったが、大事なものも失った。

仏語のテキストはヴェルコールの『海の沈黙　Le Silence de la Mer』。加藤周一氏の訳で読んだが、戦うレジスタンスとは違う沈黙のレジスタンス文学。フランス人の家庭に宿泊するドイツ軍将校の独白に沈黙で抵抗する叔父と姪。私はドイツ軍将校の葛藤に共感した。語学は自信があったので仏語で読める機会を棒に振ったことが悔しい。2年の時(?)はアンリ・バルビュスの『地獄』の訳者自らの授業だった。

とにかく教授が来ると「クラス討論をさせろ」という理由で授業がつぶれた。教養課程の授業はそれぞれ知的刺激があり面白かったが、たびたび中断し、尻切れトンボになってしまった。

松本三之助氏の日本政治思想史・ナチスやロシア革命を扱った政治英書・「世界は私の表象である」という医学哲学概論は面白かった。後悔先に立たずだ。

当時は私も含めて少なからぬ若者が熱に浮かされていたような気がする。あの雰囲気の中で「授業をすべき」とは言えなかったが、何を失いつつあるのかに気づきもしなかった。やはり学べる時には学ぶべきだ。専門課程の授業は何とか受けることができた。

社会の問題は地道なアプローチによってしか解決できないと思うが、彼らは地道な社会変革や大学改革には関心はなかったようだ。自治会等を通じてこれを実現しようと主張したのが民青系だが、学部の自治会(社青同解放派執行部)は1968年にK派のテロで崩壊していたので自治会再建が急務であった。全共闘は戦後民主主義ナンセンスと言い、形式民主主義にすぎない自治会粉砕とも主張していた。自治会(組織)なしでどうやって戦うというのか？

　世間は彼ら（全共闘）を左翼とみていたようだが、彼らの関心は政治的な問題ではなく「世の中の空気」だったと思う。そもそも彼らの関心は政治的なものではなかった。右翼、左翼などという分類はあてはまらない。時経たずして全国の全共闘運動なるものは雲散霧消し、過激派セクトのメンバーは別として、彼らの多くは「無事」卒業した。当時の信州大学全共闘議長を名乗っていた人物は「石原慎太郎の志を継ぐ」とアピールしているようだ。私は卒業してから『日本政治思想史』や現象学を学び、『海の沈黙』や『地獄』を読み直した。勿論日本語で……。原語で読むのと訳文で読むのは印象が違うのだ。語学は自信があったので本当にもったいないことをしたと思う。

19.「二人」で行った横丁の風呂屋

私の下宿は友人に紹介された都の危険住宅指定の一歩手前のような家賃4000円(?)の多分戦前からあるぼろアパート。住人は「東工大　命」という鬼気迫る多浪(?)の人物と爺やん(あだ名・早大生)と理科大生と私。

トイレは勿論共同で自然落下方式。自炊も共同炊事場。勿論バイトで下宿代も生活費も稼いだ。思い出す限りでラーメン屋の皿洗い・レストランのドアボーイ・肉屋の店員・家庭教師・製本工場・コカ・コーラ配送・ビル掃除・ウエイター・運送トラックの助手(時給が高く本当に助かった)婚活パーティの受付その他のバイトをし、空き時間は授業に出てその他の時間はデモや集会に明け暮れた。

家庭教師は4年の時、都立高3年の女子(父と母の仲人の孫娘)と中3の男子を教えた。高3の子は可愛かったのでサービス残業をしたが、いつも夕飯をご馳走になり本当に助かった。おばさんが休憩時間においしい蜜柑をだしてくれて、「おいしい蜜柑ですね」と言ったら「それはオレンジよ」と笑われた。生まれて初めてオレンジなるものを食べた。気合を入れて教えたので彼女は無事志望校に合格し、ずいぶん感謝された。「娶《めと》らんかな」（冗談）とも思ったが、合格祝いに住井すゑの『橋のない川』をプレゼントした。あれから50年以上経つが、可愛かった高校生も今や60代、元気だろうか？

ゴミと一緒に捨てられていたテレビを拾ってきて卓上アンテナを置いたが、ピンボケのNHKしか映らなかった。部屋にあったのは炬燵と布団と本箱と拾ってきたテレビぐらいで、カネも金目のものもなかったから面倒なので鍵はしなかった。ある日帰ったら友人と見ず知らずの3人が私の部屋で麻雀をしていた。

部屋の扉は放っておくと自動半開状態。建物を見ただけで泥棒も侵入の意欲をなくしただろう。帰宅して炬燵に足を突っ込んだら何かモソモソしたのでまくってみたら猫だった。いつくかと思ったら飢えと寒さに耐えかねたのか、いつの間にかいなくなった。洗濯はコインランドリーという便利なものができ助かった。

当時の生活を振りかえれば、夕食はコロッケを挟んだパンか、袋めんなどが主だった。共同炊事場があったので、電気釜のある爺やんに飯を分けてもらい、たまにおかずを作って食べた。

バイト代が入った日は定食屋の野菜炒めや餃子などで少し贅沢をした。煙草代がないので、シケモクを天日干しにしてキセルで吸い、昼飯は学食（まずかった）か大学近くの安い定食屋。キッチン「カナリア」の略称スタライ（麻婆豆腐をかけた丼）や「メルシー」のラーメンは好きだった。

あの時代の空気は時代を共有したものでないと実感できないと思うが、歌では「神田川」かな？ この歌が流行ったのは卒業前後か。この歌を聴くとなぜか当時を思い出す。歌詞は有名だが、同世代の者には特に懐かしい響きだ。

イントロを聞いただけであの時代の空気が伝わってくる。同棲が流行り始めた頃で同棲している奴もいたが、奥手の私は同棲などという「恐ろしい」ことができるわけもなく。情けない話だが神に誓って浮いた話は一つとしてなかった（誓ってどうするんだ！）。

学生運動・貧乏・横丁の風呂屋・神田川・三畳一間（私は四畳半だったが、畳は変色してボロボロ、部屋の隅の畳は歩くと下に沈み、窓は木枠でガタガタと隙間風が吹きぬけていた）の小さな下宿など重なる部分は多々あるが、肝心の部分は無縁だった。格差の基準は下宿の窓がサッシか木枠かであった。私は勿論木枠。

私も二人で横丁の風呂屋へ行ったが、相手は前述の「爺やん」で彼はとにかく長湯だった。湯上がりの洗い髪は芯まで冷えたが、暖簾をくぐって出てくるのはドテラを着て見飽きた「爺やん」の顔。何の因果か4年近く奴の背中を洗った。

奴の指先を見つめて「悲しいかい」なんて台詞を言えるわけもなく、時間と共に体は冷えっぱなしだった。意味不明だが「ただあなたの優しさが怖かった」なんて一度でも言われてみたかったがそんなことは一度もなかった。「このまま恋もできずに青春を終わるのか?」という焦りはあり、ただひたすら神の不公平を呪った。たまに風呂屋の前で待ち合わせて寄り添って帰っていく二人連れを目にすると嫉妬と怒りが込み上げてきて殺意すら覚えたが、ひたすら「清く正しく、美しくない」学生時代だった。

20. 私達のアジト（たまり場）

とにかく授業はあったりなかったりで、バイトとデモや集会で時は過ぎていった。法学部の地下のサークル室が溜り場だったが、壁や天井には戦後の早稲田の学生運動の歴史を物語る落書きやスローガンが書きこまれ、「夏草やつわものどもが夢の跡」そのものだった。

登校して、まず最初に入る部屋だった。10畳（？）前後の薄暗くて狭い部屋が私達のたまり場だった。あの部屋で議論し、時事問題や話題の本や映画その他諸々について語り合った。

立看（立て看板）とゴミだらけの廊下も、天井から壁まで落書きで埋まっていたあの部屋もいまでは跡形もないだろう？ 写真に撮っておくべきだったが、カメラがなかった。大体、学生時代の自分の写真すらない。金がなくなると親戚から借りたラジカセ（当時は貴重品）を質屋に入れた。流すわけにはいかないので、バイトの給料が入るとすぐ出して、また入れるを繰り返したのでボロボロになった。駅近の馴染みになった質屋の親父も可哀そうに思ったのか、言い値で預かって（？）流さないでくれた。質屋にとっては慈善事業だったかも？

21．止めてくれるなおっかさん、背中の「稲穂」が泣いている
（銀杏のパクリ）

あの時代のことには触れたがらない者も多いが、敢えて書こう。記録は必要だ。私が運動に関わったのは偶然だが、1年生の時、銅像前でのK派との衝突騒ぎの後、傍観していた私は冒頭の「本を書け」と勧めた人物にオルグされた。いずれ関わらねばと思っていたので、遅かれ早かれの話だったかもしれない。

あの時代のあの早稲田でオープンに活動していた政治グループは我々とK派しかなかった。K派を恐れて地下に潜って活動していたグループはあっただろうが、そのこと自体が異常だった。あの時代「学生運動をするために早稲田に入った」という人物もいたから、本来は百花繚乱（色々な花が咲き乱れること）が当たり前のはず。ところが学内に政治的自由はなかった。

政経学部では長い歴史のある「平和と民主主義を守る学生協議会」（略称：平民学協）

が私達のグループの名称で学部自治会の再建や、K派の暴力支配の打破、ベトナム戦争反対、核も基地もない沖縄の返還、安保条約廃棄等が運動のスローガンだった。具体的に「何をしていたのか?」と問われれば、上記に沿った各クラスでのアピールやビラ撒き・立て看板での宣伝・デモや集会等々だ。

法学部地下の穴倉のような部屋で各地の方言交じりの一知半解のスコラ（神学論争のことだが、空理空論ともいう）をしていると、何か少し利口になったような気がした。あの薄暗い汚い部屋が私の大学（?）だった。そして友人達の下宿の本棚も本で一杯だった。

友人の本棚にあった『羊の歌』（加藤周一の幼年期から敗戦までの回想記）もこの頃初めて読んだ。『資本論』の一部は勿論、『国家と革命』やトロツキー三部作（余りに値段が高かったので就職後に中古で購入・感想は後半で記述）もあった。本がないと馬鹿にされるような気がして、私も負けじとばかりバイト代で本を買ったが、魔法使いもドラゴンも出てこない小難しい本が多く、半分以上は積読《つんどく》だったが、知の世界は広がった。当時は「～入門」とか、「サルでもわかる～」の類の本はなかったから原典（勿論翻訳）を読むしかなかった。

グループにはマルクス経済学研究会・中国研究会・政治学研究会等のメンバーも重複し

ていた。私は学ぼうとする意欲はあったが基礎学力不足。私は剰余価値論（経済）よりも哲学や思想や文化に関心があった。

林達夫の『思想のドラマトゥルギー』なんていう本を部屋の隅で読んでいた人物もいて、負けてたまるかと買ってしまった。林達夫と久野収の対談集で、林達夫が誰とも知らず読んだが、その視野の広さと碩学《せきがく》ぶりに舌を巻いた。今となっては古い本だが、碩学という言葉がぴったりだった。何事も上には上がいる。知性派と行動派と色々なタイプがいたが、私は知性派に憧れつつも、残念ながら知性不足だった。

メンバーが運動に参加する動機はそれぞれ様々だったと思うし、安易な選択でもなかったが傍観者でいることはできなかった。私が合唱サークルをやめて運動に加わった時も恋人などいなかったが、ザ・フォーク・クルセダーズの「一人で行くんだ幸せに背を向けてさらば恋人よ　なつかしい歌よ友よ……」で始まる『青年は荒野をめざす』の気分。そして行き先は本当に荒野だった。

22. 疾風怒濤の時代　その二　共に戦った仲間達

私達のグループは遊びや趣味のサークルではなく政治的なグループだったし、K派との対峙は緊張の連続だった。戦いを支えたのは多くの仲間達だった。当時の早稲田は人数の多寡はあれ、我々と志を同じくするグループが各学部にあった。全国の国立大や私大も同様だっただろう。なぜかマスコミは全共闘や過激派については熱心に報道したが、我々の運動には冷ややかだった。難しい話はやめて人物を通じて当時の運動の雰囲気を語ってみよう。

・A氏は某氏の本に登場する示現流の達人（?）で、学生大会の壇上でK派と渡り合う姿が1年生の私には強烈な印象だった。私は初めて見るタイプで「この人一体何者?」という印象。

・B氏は坊主頭で、デモの時も集会の時もムスケル（ドイツ語で「筋肉」転じて作業の意味、立て看板作りのこと）の最中もいつも下駄と学生服で、地下室でのバカ話と「もらいタバコ」でお世話になった。「たまには自分でタバコを買え」とよく言われたが、「まあまあ固いこと言わずに、貧しき者に憐れみを」が私の常套句。この調子で卒業まで「彼の健康のために」（？）彼のタバコ（ハイライト）を吸い続けた。あまり小難しい理屈を垂れないのも良かった。

信じられないことに彼はデモの時も下駄だった。学部の校舎の裏でいつも立て看板を作り、書いていた姿を思い出す。下ネタを含めてバカ話ができる数少ない一人で、運動の縁の下の力持ちだった。卒業後「ご馳走してやるから遊びに来い」と何度も誘われたが、機会を逸してしまった。奥さんと娘さんには会いたかった。娘さんは彼に似てるかな？

・C氏はひたすら真面目で誠実を絵にかいたような熱心な活動家だった。手を振りながら熱心に人を説得する姿が今も目に焼き付いている。下宿が高田馬場駅の近くだったので学校の行き帰りによく寄った。何もない部屋だったが下宿の壁に寄りかかって話し込んだ。彼の郷里に行った時はおいしい寿司をご馳走になった。B氏もC氏も既に他界してしまい寂しい限りだ。卒業後の東京での仲間の集まりの時は声をかけたが、既に体調が悪く無理だった。享年59。訃報を受けて同期の仲間達と皆で墓参りにいった。彼は卒業まで熱心に地道に活動を続けた。

・よく打ち合わせに使った大学の近くの薄暗い喫茶店の片隅でいつも本を読んでいたのはD氏だ。何を読んでいるのかと覗いたらヘーゲルの『精神現象学』やマルクスの『経済学・哲学草稿』『ドイツ・イデオロギー』、レーニンの『哲学ノート』等で、後ろから見たらびっしり線が引いてあった。私も背伸びして挑戦してみたが歯が立たなかった。アジテーションには独特の雰囲気があり、紙など見ず説得力があった。私もやってみたかったが、残念ながら話す中身がなかったし、もし大きな集会で演説などしたら、引き返せなくなるだろうという気持ちがあり、止まれなくなる自分を恐れていた（これについては後述）。

・長髪とハイネックのセーターがよく似合うE氏は、両手を卓上に置き、聴衆に語りかける学生大会の演説がかっこよかった。「私が女だったら惚れていただろう?」（実は、こういうバカなことをスラスラ書ける自分に呆れている）

彼は卒業後、映画監督を目指したが、撮影していた農業に目覚め、田舎で農業を始めて野菜を作り始めた。東京へトラックで販売に来て、私もつきあって随分購入した。その傍ら小説を書き、いくつかの賞をとったが、残念ながら若くして亡くなってしまった。E氏の追悼の集まりの後、学年を超えて数十人で新宿で飲む機会があった。私はある裁判（日の丸・君が代）に関わっていたのでカンパを訴えたら、上述のA氏はポンと4万円！　全体で二十数万円集まった。出口で「お前、まだビラを撒いてるのか、頑張れよ！」と励まされた。

細々でもいいから「続けること」が私の美学だ。節操という言葉がある。偉そうなことは言えないが、私はこの言葉にこだわりたい。幕はまだ降りていないが最後まで頑張ろうという気持ちはある。この本もその一環だ。力のある人は力を、お金のある人はお金を、両方ない人は気持ちだけでもいい。多額のカンパをしてくれた昔の友人達には心から感謝している。立場はそれぞれだが、カンパを寄せ励ましてくれる気持ちは嬉しかった。

・誠実そのものの素朴な人柄でデリケートで優しい性格のF氏は、風貌と体格がたくましいので望むと望まざるとにかかわらず常に先頭に押し出され、演説などしたくなかったと思うが？　たびたび演説も行い目立ったので標的となり、凄まじいプレッシャーだったと思う。

人柄がにじみ出る彼の方言も味があった。

彼は目と笑顔が魅力的だった。パクられた時（逮捕）一緒に差し入れに行った彼女も可愛かった。「ああいう彼女が差し入れに来てくれるなら逮捕も悪くないな」と密かに思った。バカ！

・下宿の近くに住んでいたG氏はよく私の下宿に遊びに来た。当時では破格の日給３５０0円の運送関係のバイトを紹介してもらい本当に助かった。相方のドライバーにアパートに誘われ、奥さんの夕食をご馳走になり、「学校辞めて、一緒に働かないか？」と誘われた。バイトだけではなく色々世話になったが、いつでもどこでも本当に多くの人に助けてもらった。

・H氏はやはり田舎の出身で、言葉や行動に人柄がにじみ出ていた。ソフトでいつも笑顔で、決して派手ではないが、やるべきことは地味に実行するタイプで尊敬していた。就職してからも活動を続け、卒業後も労働運動や人権運動で活躍しているようだ。

・I氏はやたらとペダンティック（当時よく使った言葉で「学者的」or「難解」の意味）だった。私の下宿に10日間程転がり込んできたことがある。布団は一枚しかなかったが、座布団と毛布で「同衾（?·）」した。それにしてもあんな狭い部屋でよく10日以上も一緒に過ごしたものだ。彼の「趣味」はマルクス経済学と哲学で、夜の話題はそればかり。女性の話は一度も出なかった。「私が女だったら最初の一夜で逃げ出していただろう」?彼がなぜ私の下宿に転がり込んできたのかは記憶がない。現在は無事結婚して子供もいる。

・J氏は実直な人柄で東北弁が魅力的(?)だったが、何の迷いもなく運動の先頭に立っていたので敬服していたが、少しでも彼らの支えになれればいいというのが私の偽らざる気持ちであった。デモや集会は頻繁にあり、6・23(核も基地もない沖縄返還集会)や10・21(国際反戦デー)は学部前や銅像前の広場で五百人~千人規模の集会の後、明治公園や代々木公園での大規模集会に合流し、都心までデモをした。私は下駄ではなく運動靴だったが、とにかくよく歩いた。

何人もの友人が留年したり逮捕されたりしたが、本人達からもその了承を得たので紹介する。あの時代の青春の一コマとして読んでほしい。彼らも頑張って受験勉強をして大学に入学してきた普通の学生であり、逮捕などは予想外のことだった。

そもそも我々のグループは世にいう過激派ではないが、警察はしっかりマークしていたようだ。学校近くの戸塚警察署や小菅の拘置所には支援行動で何回も通った。

デモの時などに逮捕されるケースが多かったが、逮捕理由は道路交通法違反・公務執行妨害その他である。デモの最中に規制され、警官と口論になり振り払っただけで公務執行妨害で現行犯逮捕された例もある（今考えるとどうも最初から逮捕する人物を狙っていたようだ）。

警察署では写真が撮られ、服を脱がされて素っ裸にされて検査を受け、ベルトは抜かれて留置された。狭い留置場には先客が複数人おり、トイレは一つで仕切りもなく最悪。目つきが鋭い者もいて大変な所に来たのだという実感が湧いてきたそうだ。チンピラ風の男から「思想犯ですか？　憧れるなあ」と尊敬されたそうだが、思想犯などという言葉がまだ生きていた時代だった。

調書作成の際は恫喝もあるが、ニコニコ顔の懐柔もあり、昼になってカツ丼が出てテレビで見る定番の取り調べが行われるケースもあったらしい。黙秘した人物は刑事から罵声をあびせられ、「国賊」とののしられたそうだ。検事とのやり取りも続き、不起訴（そもそも逮捕理由が貧弱だった）が大部分だったが、起訴されて裁判に持ち込まれた例もあった。

当然、家族にも連絡はいくし、家族のもとにも執拗に警察がきて威嚇は繰り返された。起訴されれば長い裁判が始まる。ある友人の母親は逮捕後のしつこい警察の訪問に対し「自分の息子が警察に迷惑をかけるようなことはしていない」と突っぱねたそうだ。

私の場合、逮捕も留年も絶対許されなかった。私が逮捕されたら母はどうしただろう？想像したくもないし、絶対あってはならないことだった。そもそも悪いことなどしていない。親子二代で権力の犠牲になるのはあまりにも理不尽だ。友人達に私の事情を話したことはないが、私は決して目立つわけにはいかなかったし、父と同じことをするわけにはいかなかった。

私がもし運動の中心にいたら、まずバイトなどできないし、逮捕かケガで入院か留年か中退のいずれかだったろう。皆には申し訳なかったが、私の場合それは許されなかった。そもそもパクられたら生活も成り立たなかったし、留年する金も出どころがなかった。

活動には金がかかる、全員がボランティアだから人件費はかからなかったが、わら半紙代も印刷費も電話代も立て看の材料費その他もただでは済まない。バイトに駆り出されたことも何度かあった。メンバー全員でビルの清掃、メーカーの倉庫の清掃と物品の移動、その他のバイトをした。当時ペギー葉山の『学生時代』が流行っており、別世界のような歌詞が並んでいた。誰かが作った替え歌には笑ったが、残念ながら歌詞を覚えている者がおらず、勝手に作詞した。歌わないでしょうが、もし歌う時は『学生時代』のメロディでどうぞ。私は臆病で暴力は大嫌いなので、暴力沙汰は避けるようにしていたが、クラス回りの最中にK派に囲まれて脅されたこともあったし、角材で額を殴られたこともあった。傷は小さかったが血が沢山出たことに驚いた。額のけがは出血が多いことを初めて知った。まだ当時の傷を抱えている人物もいるが、それにしても大きな負傷をせずにすんだことはラッキーだった。

〈替え歌〉
ハンドマイク片手に　ひたすらアジった日
デモ多かりしあの頃の思い出をたどれば
懐かしい友の顔が一人一人浮かぶ
重い立て看はこんで　歩いたキャンパス
秋の日の構内の　催涙ガスの匂い
クラス回り・ビラ配り・論争の日々

投石飛ぶ窓辺　学生時代
本棚に目をやればあの頃読んだマルクス
凄まじいあの頃学生時代

どこかの学校とは違って、「素晴らしいあの頃学生時代」どころではなかった。私が好きだった歌は「暴虐の雲　光を覆い敵の嵐は荒れ狂う　ひるまず進め我らが友よ　敵の鉄鎖を打ち砕け　自由の火柱輝かしく　頭上高く燃え立ちぬ　砦の上に我らが世界　築き固めよ　勇ましく」というワルシャワ労働歌。

「友よ夜明け前の闇の中で　友よ戦いの炎を燃やせ」で始まる『友よ』。「君の行く道は果てしなく遠い」で始まる『若者たち』・『イムジン川』・岡林信康の『山谷ブルース』。「雑草（アラグサ）のたくましさ　踏まれても伸び広がって　わが母こそ太陽　戦いを育てる太陽」という『わが母の歌』。今考えるとマゾヒステックな歌だが、この歌は結構実感があった。勿論フォークソングもよく歌った。好きだったのは竹田の子守歌。井上陽水と小椋佳。

1年上の学年の送別会のことが記憶に蘇った。場所は早稲田通り沿いの戦前からあるような飲み屋の2階。1階はテーブル席とカウンターで、ギシギシと鳴る狭い階段を上った2階の和室。

宴席の最後に一人の先輩が哀感を込めてある歌を歌った。なぜかわからないがその歌が印象に残り、今ならネットで検索という話だが、当時はそんなものはないので、彼から題名と歌詞を聞いてその場でメモをとった。題名は『満鉄女郎の歌』。

1. 雨がショポ（ショボ）ショポ降る晩に
カラス（ガラス）の窓から覗いてる
満鉄のチンボタン（金ボタン）のパカ野郎

2. さわるはゴチ（五十）銭　見るはただ
シャンエンゴチ銭くれたなら
カシワの鳴くまでボボするわ

3. 上がるの帰るの、どうしゅる（する）の
早くシェイシン（精神）決めなしゃい
決めたらケタ（下駄）持って上がんなしゃい

4．客さんこの頃　紙高い
チョウパ（帳場）の手前もあるでしょう
祝儀をゴチ銭お足しなさい
5．そしたらアタイを抱いて寝て
フタチ（二つ）もミッチ（三つ）も
おまけしてカシワの鳴くまでボボするわ

満鉄（南満州鉄道株式会社）は1906年設立の半官半民の国策会社。1931年の満州事変以降は鉱工業・製鉄業をはじめとする多くの産業部門に進出し、80余りの関連企業を持つ一大コンツェルンになり、鉄道総延長は1万キロ社員数は40万人を擁し、日本の植民地支配機構の一翼を担った。沿線の各駅には満鉄社員相手の娼館が作られたが、娼婦の多くは身売りされた朝鮮人女性だった。日本人がrの発音が苦手なように、朝鮮の人はある行の日本語濁音が苦手なようだ。

当時、この歌は結構広く歌われていたようで、「どこまで続くぬかるみぞ」という『討匪行』のメロディーだから、日本人が朝鮮人の娼婦をバカにして作った歌だろう。歌う時は大声を出さず静かに歌った方がいいでしょう。
関東大震災の時、朝鮮人が大勢虐殺されたが、日本人の自警団が相手が朝鮮人かどうか確かめるために濁音を発音させたことは有名だ。ボボは九州・関西の方言で性交のこと。満鉄や植民地支配等の時代背景がわからなければ何の歌かもわからない。日本が朝鮮を植民地化したことすら知らない人もいるようだが、学生時代も「馬鹿でもチョンでも」とか「馬鹿チョンカメラ」（馬鹿でも朝鮮人でも使えます）など朝鮮人を蔑視する言葉は溢れかえっていた。またぞろそれを繰り返している人達がいるようだ。

多くの学生達にはセクト（党派）の争い。ドッチもドッチと映っていたかもしれない。今思えば、「暴力反対」をこそ運動の中心に訴えるべきだった。正当防衛と言おうが何と言おうが、暴力に対して暴力を用いると結局は同類になる。無抵抗では相当酷いことになったと思うが、運動の輪はもっと広がっていただろう。我々が他のセクトのようにK派に放逐されなかったのは数において勝っていたからだ。すべての学生に、もっと広く共闘を呼びかけるべきだった。そもそも学生運動に暴力など必要ない。その意味で私はあの４年間を悔いてはいない。我々は自由と人権のために戦っていたのだ。

これを書いている時、ネットで「そして紺碧の空へ」というユーチューブを目にし、懐かしい景色を観た。彼らと同じ場所で私達も青春を過ごしたのだ。映像に登場するのはポップ調の踊りを踊る今の学生達だ。

人は時代の中で生きるしかないと思っているが、50年前は同じキャンパスが私達の青春の舞台だった。今の若者には想像もつかないだろうが、自治会再建・反暴力の戦いがあった。核も基地もない沖縄返還の戦いがあり、ベトナム反戦運動は戦いの柱だった。

1964年~1973年のベトナム戦争中、ベトナムでは米軍により平均して1分に8発の爆弾が投下され、それは第2次世界大戦を通じて使用された爆弾の倍以上だそうだ。あんな小さな国を世界一の大国が攻撃していること自体許せなかった。日本は反対するどころか、戦争の最大の支援国だった。ベトナムの女性や子供の死者は相当数に上っただろう。

そして米軍は枯れ葉剤を撒き、多くの障害児が生み出された。ウクライナ支援は当然だが、何かしっくりこない。結局アメリカに追随している。ありもしない「大量破壊兵器」を口実にしたイラク戦争も日本は真っ先に支持した。アメリカを支持したヨーロッパ各国は支持は国際法違反であったと表明したが、日本政府は口にすらしない。筋が通らないと思うのは私だけだろうか？

今の大学にロシアのウクライナ侵略への抗議集会やデモはあるだろうか？

あの時代のキャンパスはベトナム戦争反対等の立て看板であふれ、その間を縫って登校した。早朝出勤（？）で立て看を並べたが、直後にメチャクチャに破壊されていることもしばしばだった。そういう時の台詞は「消耗！」。

そして、現在の若者達が踊っている同じ場所で集会やデモが行われ、銅像前や学部前の広場に時には千人を超える学生が集い、力強い演説とシュプレヒコール（ドイツ語で、参加者の一斉唱和のこと）とデモが繰り返されていたのだ。

私達が一文のジャンヌ・ダルクと呼んでいた女性は美しい人で多くの活動家の憧れだった。そんな女性は彼女一人ではなかったが、授業にすら出られない困難な状況の中で暴力に屈することなく頑張っている姿には励まされた。

講堂の夜景、多分今も昔も変わらない時計塔の光、学部前や銅像前の広場、何回もかよった喫茶店や食堂や商店街・八号館地下……そして仲間達。思い出は時代と人と景色があってこそだ。

そう、あのすべてが我々の青春の舞台だったのだ。時代は違うが昔も今も同じ舞台で若者達がそれぞれの青春を過ごしつつある。若者の保守化が指摘されているが、今の大学には政治的・社会的な活動があまりみられないようだ。問題が山積している社会に少しでも目を向けてほしいと思う。早稲田には自由を求める伝統が流れ続けていると信じたい。

仲間達のコメント

・島田に思いでのようなものを書けと頼まれ、ついでに彼が送ってきた未完成の自叙伝風の原稿にざっと目を通した。あの時代の仲間達の内面やパフォーマンスが上手に要約され語られている。ある経済学研究会の落ちこぼれから、平民学協で一緒に活動したが、既視感ある同意できる表現だ。

3年以上一緒に過ごしたが、戦後の昭和の田舎青年、その学生時代もその後の会社も教師時代のことも、大学時代の島田のイメージに重なる。つまり正直率直に虚飾がないのは偉い。タバコが切れると、大きな灰皿またはそれらしい容器にこんもりと溜まったシケモクをためらわず手に取って吸い、問題意識や疑問をストレートに話し出す。そのシケモクもないとなれば、「モク！　モク！」とせがんでくる。しかし貧乏くさいどころか天真爛漫で、都会っ子のような嫌味もなく、こちらだって金はなく一本の煙草でも貴重品だったが、素直さに免じて大らかに供していた記憶だ。自分の感情をためらわず表出できるところは、よほど都内の高校出の自分よりは都会的で、闊達なところは田舎青年とは言い難かった。

ところであの時の灰皿は誰が掃除していたのだろう。自由な行動を支えるというか、後始末というか、前後の人の関係が思い出せないのも気ままな良き時代なればこそか？　そういう人間達の集団が平民学協に群れていたわけだが、支え役達の役割にも気づいていた風だ。見ているところは見ていたのだろう。

ずぼらなロマンチストの強さとともに、調子の良さもあるが、強いものにも臆せずに向かっていける勇気もある。可愛い奥さんをもらい、教え子にも愛されたのだから幸せであった。本人の見えないところで支えた人達はもっといるに違いないので、あれがなぜできたか？　なぜここまで歩めたか？　もう少し思い出して、今更遅いが、いま少し時間もあるので感謝を届けるのも良いだろう。すぐ隣にいつも、自分の観念に作用してくれた、高貴ではないかもしれないが、親愛なる精神があったことを見つけるかもしれない。（M）

・島田の学生時代の思い出で一番思い出すのは「モクない？」である。ただ、彼の場合は私と違って全く嫌味がなく嫌がられなかった。実にあっけらかんとしたものであった、人徳であろう。

この一事をもって、皆に慕われた彼の明るさがわかるであろう。次に思い出すのが、彼が合唱団に入っていたことである。当時のむさくるしいといってよいたまり場の中で「おっ！」と思った。当時、音痴で歌の苦手だった自分には「上級国民」で高尚な趣味人に見えた。今は合唱と無縁のようで実に勿体ないと思う。そして3番目に思い出したのが彼のアパートである。何回かそこで麻雀をさせてもらったのだが実に楽しかった。下手の横好きだった私をも拒まず、広く門戸を開いた部屋は彼らしいと思った。島田は冗談好きなのにくそ真面目で、超明るいのに深刻がりやで、太っ腹なのに繊細で、少し知的で都会的な雰囲気もあったが実に蛮カラでもあり、そこが面白い所であった。（N）

注：「慕われた」記憶はないが、「公文書」の改ざんはできないので「上級国民」（？）も含めてそのまま採用した。「ニコチン指数？」が異常に高かった。つまりニコチン中毒。金がないのに人の煙草を含めて一日二箱以上吸っていた。当時は確かハイライトが80円（フィルターなし）で、出始めのセブンスターが100円。本

当に皆さんに迷惑をかけました。遥か昔に禁煙しましたが、ここであらためて御礼申し上げます。そしてタバコはやめましょう！

・島田との付き合いは、大学時代からである。早く父を亡くしたことは聞いていたが、父の壮絶な人生を島田自身が著した『未完のたたかい』（農文協）を読んで、ようやく島田の父の人生、足跡が島田自身の人生に大きな影響を与えてきたことを知った。その深層の思いは生き方において、ぶれないということである。

友人の誰もが語る底抜けの明るさを持った振舞いからは、大学時代の彼の深層を見抜くことはできなかった。今思えば島田は、強い信念を持った人間であった。学生時代の島田が先頭にたっての派手な行動をどこか控えていたのは、父の人生からの影響を深く受けたものの、その一方で「母親を悲しませたくなかった」というように、自らを意識的に抑制したに過ぎなかった。

しかし当時は、島田の天性の人間性が多くの仲間を引き寄せた。本人の意識的に控えめな姿勢とはうらはらに「目立ちたくないが目立ってしまっていた」こともまた間違いないことであった。

卒業後、島田は民間企業に就職した。その民間企業勤務時代に何回か会って、共に酒を飲み交わしたことがある。「会社は自分のいるべき場所ではない」と漏らしていた。島田は会社を辞め、東京都の教員になった。この教員時代に、島田は思想信条と行動を見事に一致させることになる。ここに島田の真骨頂がある。普通の人間ならば逆である。

学生時代はいかにも天下をみずからが仕切るくらいの大言壮語をならべて派手な行動に走っても、社会に出れば流れに追随する。しかし、島田は生徒を第一に考え、そして思想信条において言行一致を常とした。そのため処分にもあった。島田は父の背中を見て生き抜いてきた。（Y）

注：うがちすぎです。私はそんなに立派な人間ではありません。無責任で臆病な人間でも、たまには少し無理をすることもあるという程度です。

23. 疾風怒濤の時代　その三　会社編　未知との遭遇

4年間はアッという間に過ぎ、長髪にGパン姿だった学生達も学生服（当時の就活は背広ではなく学生服だった）に着替え、会社訪問なるものを始めた。既に学生服はなく、先輩の学生服を借りて間に合わせた。服は間に合わせたが、私の読んでいた本はとても就職に役立ちそうな本ではなかったので、就職対策問題集のような本を買って即席に勉強したが、これが結構役に立った。勤めないことには食っていけないし、母を安心させねばならないから、私も友人の後をついて会社訪問を始めた。

私はいつもの調子で何とかなるさと思っていた、準備をしなかったのは高校受験と同じ。「優」の数など関心なかったが、私の周囲にはいなかったが全優などという人物もいたようだ。これが就職には結構重要だったらしい。「就活」などという言葉はなかったが、今の時代なら私はまともに生きていけないだろう。

某新聞社は締め切り時間に遅れ（午前中で締め切りというのを勘違いしていて午後にノ

コノコでかけて散々嫌味を言われた）、いい記者になれたと思うがパーになった。某放送局も三人残った最終面接で落ちた。「人を見る目がないというしかない」と言っておこう。見学のつもりで出かけた某生命保険会社は最初から行く気もなかったが、「東大・一橋の方はこちらへ。その他の私大の方は……」と言われ、なめるなと思った。むき出しの官尊民卑と学校歴差別だった。

勉強らしい勉強はしていないし、先立つものもないから大学院は無理だし、教師にとも考えたが、諸般の事情（教職の授業は夕方で教育学部周辺の夜はあぶなかった）で教職の授業は受けられず、当然教員免許もなく、銀行とか役所のデスクワークは嫌だったので、食っていくためにはそれ以外の民間会社で職を探すしかなかった。

就職内定の後、友人に「お前、昨日テレビに出ていたぞ」と言われた。前述の殺された文学部の学生の虐殺抗議集会に参加していたのだ。まさかテレビに映っているとは思わず、「ヤベー」と思ったが、何事もなく過ぎた。反暴力は運動に参加した動機だったし、就職が内定したからといって集会に参加しない理由はなかった。高度成長最後の頃で、好景気の余韻は残り、万事鷹揚だったのだろう。

何とか就職できたが、とんでもない「素敵な」世界に足を踏みいれてしまった。私の配属された課の同僚達は多様性そのもので、私も含めてよく集めたものだと思うくらいの特殊キャラの「吹き溜まり」だった。他の課の社員達は私達を「奇人・変人クラブ」と評していた（本当です）。私も同僚達とは違う意味でその中の一人だった。中途入社も含めて上場企業とは思えないメンバーだった。彼らはその出自に応じてそれぞれ個性的で味があり、決して破滅志向などではないが、学生時代の友人達とは全く違う人種だった。私にとっては最興味深い人達であり変人好きの私にとっては実に魅力的な世界だった。

彼らは社会とか思想などという「面倒なこと」は口にしなかった。彼らは仕事はそつなく（要領よく）こなしていたが、出世などというものにこだわっていなかった。つまり会社員の枠からはみ出していた、だから気持ちよく付き合えた。私もまた別の意味ではみ出していたが、彼らは「何をしても生きていける」という自負と自信があったのだ。

K大出身の係長は人もうらやむ華麗なる閨閥の出だったが、実にヤンチャな生き方をしていた。彼は私より10歳ほど年上だったが、出自も経歴も全く違う彼のような人物がなぜ私に興味を持ったのか？　今もって謎だ。彼も十分すぎるくらい「変な人」だったが、変人どうしは惹きあうのかも？　今更聞こうにも彼は既にこの世の人ではない。

入社早々の頃、前の日に飲みすぎたのか？　勤務時間中にサウナに連れていかれたこともあった。「真面目人間?・」の私は「勤務時間中にサウナ?・」と面食らうばかりだったが一事が万事であった。「営業は結果だよ」が彼の口癖だった。顧客とはにこやかに談笑しつつも、交渉はシビヤーだった。営業マンとしては力があったのだろう。彼はマイカー通勤（都心にマイカー通勤など常軌を逸していた）だった。彼が料理など作るとは意外だったが、彼の家によく「拉致」されて彼の手作りの料理（記憶にあるのはキャベツのベーコン炒め他）をご馳走になった。

会議の後など皆で昼食をとる機会があったが、そのあと「やろうぜ」と言うのである。爪楊枝でくじを作り、折れた楊枝を引いた者が全員の昼食代を払うのだ。嫌とは言えず仕方なく参加したが、5、6人の昼食代でも3、4千円（?・）はした。「変人達」は嬉々として楽しんでいたが、私にとっては狂気の沙汰だった。確か給料は4万円弱?（寮費やその他を引かれて手取りは半分?・）二度続けてはずれくじを引いた時はこんな所にはいられないと思った。

一緒に麻雀をしたが、私が「南」単騎で待っていたら、後ろで見ていた彼が突然、当時流行っていた南沙織の歌を歌いだし、私を除く全員が爆笑した。結局上がれなかった。

会社の会議室でクリスマス（?・）のダンスパーティーがあった。勿論ダンスなどしたことがない私は壁の花（シミ）だったが、彼に押し出され、仕方なく参加した。相手は別の課のきれいな女性だったが、どうしたらいいかわからずドキドキして、手が汗でびっしょり。相手の女性の方が私より焦ったかも？　悪いのですぐ失礼したが、彼に「汗をかいた」と話したら、「シマの奴、汗びっしょりになってやがんの」と大きな声で言いふらした。私は愉快どころではなかったが、そんな一つ一つが彼には愉快でたまらなかったのだろう？

同僚達は上手に踊っていたので、ダンスができるのは当たり前だったのだ。「お前、学生時代、何をしていたんだ？」と言われたが、まさか「学生運動」と言うわけにもいかず、「貧しかったのでダンスなどする機会などなかった」と答えた。彼にとって私は初めて見る異星人だったのかも？　あれが人生最初で最後のダンスだった（教員もダンスパーティーくらいすればいいのに）。

宴会で歌えと言われてもそれらしい歌は知らず、『インターナショナル』を歌うわけにもいかず『山の子の歌』とか『四季の歌』を歌ったが全く場違いで「なんだこいつは？」と思われたに違いない。私にとって彼は「未知との遭遇」だったが、彼にとっても同様だったのだ。

彼のやることなすことのすべてが冗談としか思えなかった。彼は権威主義的ではなく、そういう出自の人間にありがちな驕《おご》りもなく、人の好き嫌いははっきりしていたが、分け隔てなく人と接した。そんな彼が好きだった。彼は人に説教などするタイプではないが、何かの折に「お前は誰とも親しくなれる、それはいい。だがお前は相手との間に一線を引けない。ズブズブの関係になってはだめだ」と言われた。私は自分にも人にも甘いが、「世の中そんなに甘くないぞ」と警告してくれたのだ。彼が説教すること自体が意外だった。

彼は40代で亡くなったが、今思えば彼の振る舞いは育ちのよさがもたらす恬淡さ（欲がなく、物事に執着しないこと）かもしれない。まだまだ色々あったが、これくらいにしておこう。

もう一人私が親しくしていたのは中川（以下中チャン）というT大出身の同い年の同僚であった。彼は中途入社で4年近く一緒に過ごしたが、「僕の履歴書は数ページ」が自慢（自虐?）の種で、初めてそれを見せられた時、「嘘だろう！」と思った。世の中をなめていたのか？　それとも達観していたのか？　あるいはどうでもいいと思っていたのか？　普通そんなものを初対面の私に見せないだろう（数社の社名や店名が連ねられていた）。

私は小心者故、普通のサラリーマンとしての人生を考えていたが、彼にはそんなことはどうでもよかったようだ。彼らと私を同列視するのもおこがましいが、私達3人は正に変人トリオだった。彼は私のことも見抜いていたのかもしれない。中チャンと係長は私の退社後、2人揃って会社を辞め、その後も人生を共にした。私もはみ出し人間だが、彼らははるかに大胆だった。この時の人事担当者は後が大変だっただろう。

退社後も彼の履歴書は増え続け、家具屋・ファーストフード店等様々な職を転々としたが、信じられないことに最後は某大企業の重役になった。私は彼の大胆さに呆れるとともに、その逞しさに「感動」していた。

彼は遊び好きのチャラ男を装っていたが、作家志望で、毎回作品を贈ってくれた。彼の人生も小説そのものだ。彼の小説のあとがきに「人生は暇つぶし」とあった。多分本音だろう。

彼と一緒に温泉旅行をして鄙びた温泉宿の古びた浴室で「カチューシャ可愛や別れのつらさ」という『カチューシャの唄』や『惜別の唄』『北帰行』『人を恋うる歌』などその類の唄をガンガン歌いまくった。今考えると狂気の沙汰？　旅館の親父はこいつら何者だ？と思っただろう。

私はいわゆる「俗物」（利益や地位に執着する人物）や「出世主義者」（出世こそすべてと考える人物）は好きではない。善し悪しではなく単なる好き嫌いの問題だが、心のどこかに日常を超える利害や損得を超えた「何か」にこだわりを持つ人物が好きだ。こだわるものは違っていたが、その意味で彼とは波長が合った。

中チャンからはしばらく連絡がなかったのでまた新しい人生へのチャレンジかな？　と思ったが、数年前に病気で亡くなっていた。有能だったからたまたま出世(してしまった)のだろうが、そんなことを目的にするタイプではなかった。話したいことは山のようにあったが、忙しさにかまけてつい連絡をおろそかにしてしまった。彼のことが気になったので彼の勤務先の会社に連絡して彼のことを尋ねた。

昔、彼の部下だった人が対応してくれ、事情（本の執筆）を説明したら徐々に会話がほぐれ、「彼はユニークな上司でした。上から目線は全くなく、仲間として付き合ってくれた。アイデアや発想が柔軟で、とても有能だった」「皆と飲みに行ったり、旅行をしたり、麻雀をしたりでとても楽しい上役でした」、ここにはチョット書けないことも含めて色々話してくれ、ホッとした。

生前、最後に飲んだ時、急に「島ちゃんは思想があるからいいよね」と言われた。「ねえよそんなもの」と言えばよかったが、笑ってごまかした。大変なこともあったと思うが、「暇つぶし」で重役になってしまったのだから、やはり有能だったのだろう。

同時代を過ごした懐かしい時代の懐かしい人々が櫛の歯が欠けるように去っていく。もうあの時代のことを話せる友人も少ない。もう一人の同僚も目から鼻に抜けるような器用さがあった。彼は根っからの都会っ子で、都会の「遊び」を経験しつくしてきたという雰囲気だった。彼も仕事はそつなくこなしたが、中チャンとは違う意味で、私の辞書には存在しないタイプだった。その後の彼らの人生も波乱に満ち、それ自体がドラマだった。

ある日、課長に連れられて同僚達と銀座のクラブへ行った。テレビドラマではよく見るが、「現場」は初めてだった。新入社員が銀座のクラブへなど行けるわけがないし、出どころは余った交際費だと思うが、やはり人生で最初で最後の銀座のクラブで、これも貴重な体験だった。高そうなソファーときれいなお姉さん達との洒脱な会話が印象に残っている。教員で銀座のクラブで飲んだことのある人物はそんなにいないだろう。

お姉さんの一人が初めての客である私達の出身校を全部当てたのには驚いた、大ざっぱで適当な私はよく「島田さんW大でしょ？」と取引先でも言われたからあまり驚きもしなかった。今考えると、こういう話題も「特技」も客商売の大事なツールなのだろう？

中チャンはここでもやはり「遊び好きのチャラ男」を装って座を盛り上げていたが、「あなたはT大でしょ」と言われ、瞬間動揺の色を見せた。さすが銀座のホステスさんと言うべきか？　どうしてわかったのか？　理由を聞けばよかった。

変なストイシズム（禁欲的傾向？）のある私にとっては同僚達に誘われた上野のキャバレーも居心地が悪かったし、「酒とバラの日々」（？）も苦痛になってきた。彼らから見ればダンスもできず、キャバレーやクラブにもあまり興味を示さない私は奇妙な存在だったろう。退屈はしなかったが、私の生きる世界ではなかった。私の中のあるものが「早くここを去れ」と絶えず促していた。

私は彼らとは違う意味で会社で生きていける人間ではなかった。私の課のメンバーは常軌を逸していた。あの4年間で出会ったメンバーは普通ならば接することはない人達だった。彼らとの出会いは僥倖《ぎょうこう》（思いがけない幸運）だった。

今思えば感謝以外の何物でもない。神が私に特別に提供してくれた舞台だ。私は観客であると同時に演者でもあったが、私にとっては人間の多様性の発見だった。

そもそも変だった私のキャラに新しいウィルス（？）が入り、その後の人生の「大きな財産」になった（？）と思っている。何とか連絡のついた1年後輩の横田君（ユニークだったが十分普通の人）が「みんなあっち側の人だったけど、島ちゃんだけはこっち側の人だった」と語った。

24．一本の煙草に救われた？

就職して4年で私は転職した。学生時代に合唱サークルをやめたのと同じだ。会社には申し訳なかったが、一言で言えば、「ここは私のいるべき場所ではない」と感じたから、もう少しかっこをつければ、私自身の生き甲斐の問題だった。

ここまで読んでくれた人にはわかると思うが、そもそも私は厄介な星の下に生まれた人間なのだ。それが何かはおくびにもださなかったが、係長も中チャンも薄々感じていただろう。

少しかっこをつけると、「見るべきほどの事をば見つ。今はただ自害せん」という平知盛の気分？　原文は「自害」だが、自害するわけにはいかないので船出にした。知盛は好きだ、平家物語の冒頭は勿論記憶しているが、あらためて全文を読みたくなった。戯曲『子午線の祀り』は見逃してしまったのでどなたかダビングしてあったら貸して下さい。

私は文学部でも教育学部出身でもないので教職に必要な科目は40単位（10科目）以上足

りなかった。学部の単位は全く使えず目がくらんだ。仕方なく某大学の通信教育学部に入学し、会社の寮にいたので日曜に市の図書館でレポートを書いて提出し、大学で試験を受けて単位をとった。

ズボラな私は教育実習のことは全く考えていなかった。実習は出身校に依頼するらしいが、田舎へ帰るわけにもいかず、定時制で実習をと考えて、電車の窓から見える定時制高校に飛び込んだ。

教員免許なら誰でも取れるが、都の教員採用試験に合格するかどうかは全く保障の限りではなかったし、タイミングの悪いことにオイルショック（１９７３年）以降日本経済は不況に転じ、教員を含む公務員志望者が急増していた。自分一人ならともかく母のこともあるし「会社を辞める」などとは口が裂けても言えなかった。今は教員のなり手が少ないらしいが、倍率は高い方がいい、行政は賃金や労働条件の改善に努めるべきだ。

途中、実習生だけで話したことがあるが、「司法浪人」とか、「プー太郎」とか、「学生運動崩れ」とか全員訳アリの境遇だった。私の事情を話したら、彼らが(特に一人の女性)諸々のことで影に日向に助けてくれた。実習が終わった時、彼女の好意を感じたが（気のせいかも?）、その時の私にはとてもそんな余裕はなかった。こんなところで書いても仕方がないが、今でも感謝しています。自分は絶対に女性にもてることなどあり得ないと思っていたが、女性からの一目惚れはないが、私には「噛めば噛むほど味が出るスルメのような魅力があるのかも？」と思った。前述の篠田には「お前には母性本能をくすぐる所がある」と言われた。「危なっかしくて見ていられない」ということらしいが、何にせよ嫌われるより好かれた方がいいだろう。

不景気の時代、特殊技能を必要としない高校社会科教諭の試験は数十倍の倍率だった。当時の東京都の高校教員は人気があったのだ。採用試験までの猶予期間は数ヶ月しかなく、受験勉強は通勤電車の中。かろうじて残っていた大学受験の知識は役に立ったが、既に10年近く経過、教職教養は一夜漬けに近かった。法定伝染病の名前を必死に覚えた記憶がある。

某私大の大教室は受験生で満杯だったがよくパスしたものだ。二次の面接も10倍近かったと思うが社会人のキャリアを強調して何とか乗り切った。「愛読書は何か？」と聞かれたが、勿論、「そういう質問は人権侵害です」と言うわけにもいかず、思わず「カントです」と答えた。カントのおかげで何の質問もされなかった。カント様々。

会社の寮に教育委員会からの手紙はまずいので、郵便物の宛先は知り合いの住所にしておいた。通知の届く日は仕事で池袋の喫茶店にいたが、彼の家に電話し、奥さんに通知が届いていることを確認し、「まだ開かないで下さい」と頼み、間をおいて「開封して下さい」と頼んだ。封を破る音が聞こえ、一呼吸してから「読み上げて下さい」と言ったら「合格」と書いてありますとのこと。思わず「ヤッタ！」と叫んだ。余程嬉しそうに見えたのだろう、喫茶店のレジの子から「何かいいことがあったんですか？」と聞かれ、「彼女が結婚をＯＫしてくれた」とか何とか訳のわからないことを口走った。喫茶店はビルの上階だったのでスキップして駆け下りた。よく転げ落ちなかった。

課長や同僚に「教員採用試験に受かった」と打ち明け、課長も「君は教師の方が向いている」と言ってくれた。その時の課長は寛容だったし、私のことを理解していてくれ、同僚達も皆祝福してくれた。都教委から合格通知があった時はこれで晴れて教員になれると思ったが、実は甘かった。当時の採用システムではまだ大きな壁があったのだ。

4月から新学期なのに3月末になっても何の連絡もない。今さら会社に「すみません実は……」と言うわけにもいかず、「天は我を見捨てたか！」と思った。

会社には辞表を出しており、来年再度挑戦するかとも考えたが、たいして貯金もなく、会社を辞めたら明日から住むところもない。さすが楽観的な私もちょっと絶望的になった。

これ以降は正に綱渡りだったが一本のタバコに救われた。

当時は定年がなく、この業界ではただ一人の学生時代の先輩の勤務校の教員が突然退職を申し出て、その先輩から「お前を紹介したからすぐ面接にこい」との連絡があったのだ。

事務室に行くと私以外に学生風の4人の男女が座っていた。校長室で順番に面接があったが、私との面接の最中に校長がタバコをくわえた。私の仕事は営業だったから条件反射的にライターを出し、そのタバコに火を付けた。邪悪な意図（？）は全くなく単なる条件反射。結局私が採用されたが、以下は同席した先輩の言。

「なぜお前が採用されたと思う？　大体、教員の世界で校長の煙草に火をつける奴。なんていない。あの時の校長の嬉しそうな顔を見たか？　あのタバコが採用の決め手だ」

私以外は学生だったので、ライターを出すなんて気のきいたまねをする者はいなかっただろう。まあこれは半分冗談で会話の中で自然に溢れ出た私の「知性」と「人格的魅力」が決め手となったのだと思う？　が、最後の土壇場で何とか救われた。悪運の強さというか何というか、何であろうが結果よければすべてよしだ。学生諸君にはまたの機会があるが、私には多分最初で最後の機会だった。レポート作成・単位習得試験・教育実習・採用試験・面接と綱渡りの2年間だったがよく乗り切ったと思う。刑務所の塀の上を転げ落ちずに歩き切ったという感じかな？　前述の篠田には「よく受かったな」と言われたので、文章にしてみたが、本人もそう思っている。

給料は減ったが、そんなことはどうでもよかった。教員になってから、夏休みに一人で学校のプールで泳いだ。背泳ぎをしながら青空を見た。「俺は自由だ！　ここそ自分がいる場所だ」と思った。勿論、魚ではないので水の中のことではありません。

「Your soul is carried to the most suitable place with destiny.」シェークスピア。

「運命は、最もふさわしい場所へと、貴方の魂を運ぶのだ」という訳がついている。今思うとすべては運命だったのかも？

25. 天職

天職とは「給料や待遇などに関係なく、心から充実感があり、一生続けたいと思える仕事のこと」を言うらしい。

会社時代も反骨心旺盛な私は、会議で課の方針をめぐって課長（何人も変わった）と意見がぶつかり、最後に「見解の相違です」と言ったことがある。横にいた先輩から「ちょっと言い過ぎ」と書かれたメモを机の下でそっと手渡された。あろうことか、若造が課長に盾突いたのだ。会社に残っていたとしても幸せにはなれなかっただろう。まあ性分だから仕方がない。何人か課長は変わったが、勿論好きな課長もいた、上司との関係は理屈よりも互いの関係性（好き・嫌い）が大きかった気がする。さて当時の教員の世界はどうだったろう？

当時、校内の人事は教員で構成された人事委員会（今はない）で決められていた。人事委員は職員会議で選ばれ、委員会の報告に基づいて管理職の同意も踏まえて会議で承認された。これ自体が驚くべき世界だった。人事委員会では、様々な意見が出されたが、「担任は誰にする？」「分掌は誰にする？」など様々な視点から意見が出され、妥当なコンセンサスが得られた。

深夜まで続く職員会議は何度もあったが、何より素晴らしかったのは若造の私でも自由にモノが言えたことだ。職員会議が議決機関であった。勿論最後には管理職（最終責任者）が承認した。そこでもめた記憶はない。現在は管理職がすべて決定し、職員会議そのものが認められていない。職員会議は議論の場ではなく報告の場になった。

東京都教育庁は2006年4月13日、「学校経営の適正化について」という通知を出した。その内容は、校長、副校長、主幹で構成される企画調整会議が、学校経営の「中枢機関」で、「職員会議の場で議論し、教職員の意向を挙手等で確認するような学校運営は許されない」というものだった。職員会議は報告会に変えられ、職員会議は議論をする場ではないとされた。選挙で選ばれていた議長は副校長や主幹が務めることになった。

学校では様々な事件が起こり、生徒の身分を巡っても、退学・無期停学・謹慎など議論が割れることが度々あった。そういう時の職員会議は深夜まで及び、喧々諤々の議論が行われた。多数の意見が議論を経て覆されることもあった。それを議論なしで管理職が決めるなどあり得ない。大体生徒達と日々接しているのは我々なのだ。生徒の処遇問題に限らず、議論なしで物事を決めるなどということは、民主主義に反する。まさにロシアや中国の世界だ。

我々の世代は議論の中で育ってきた。そしてそれは当然のことだと思ってきた。職員会議は発言する人も減り、無気力感がただよっていると聞いたが、若い教員は、議論の機会を奪われ、上命下達の世界で生きているのだろうか？　議論こそ民主主義の命であり活力の源なのに、こんな状況では学校の活力は失われていく一方だろう。人事委員会も含め都立高校の教職員が数十年かけて築き上げてきた民主的な仕組みや手続きはすべて無視され壊された。

職場を階層化し、管理職が人事権を持ち、勤務評定を行い、賃金に差別を付けるというのは権力が職場を支配する常套手段だ。『人間の壁』（石川達三）は読んでいたが、後に強権的な知事の下、職場は力ずくで変えられた。

「教育を支配するものは国家を支配する」という言葉がある。権力はそのことを知っているから、管理職を統制し、その権限を強化し、教科書や指導要領そして異動・賃金などで執拗に介入する。管理職になったことはないのでわからないが、いくら良心的な管理職でも命令に逆らうことは絶望的に難しいらしい？　逆らっても首になることはないので、反論すればいいと思うが、官僚が政治家に意見を言えないのと同じだろう。これだけは譲れないという琴線を持つ人はヒラでいた方がいいと思う。私はよく逆らったが、性格的なものなのか、憎まれることはなかった気がする。管理職試験では校長の推薦が大事らしいから、校長に逆らう人物はいないだろう？

　面従腹背という生き方もあるが、単純バカな私にはそんな器用な真似はできないし、健康にもよくないだろう。在職中に私が尊敬した校長はただ一人、親しみを感じた校長はやはり一人だった。某銀行の不祥事が何度も報道されているが、コメンテーターが、大きな問題点は「言うべきことを言えない企業風土だ」と指摘していた。今の学校はどうだろうか？

第三章　壮年期

26.「シマちゃん」

どこの学校へ転勤しても生徒達は皆私のことを「シマちゃん」と呼んだ。勿論最初は「島田先生」だが、いつの間にか「シマちゃん」になる。そういえば会社の同僚達も私をそう呼んでいた。私は「先生と呼べ」などと青筋を立てるタイプではないし、こだわりもなかったが、気にしていた同僚もいたようだ。職員室では生徒達も気を使って「島田先生」と呼んでいた。オトナ！

生徒はバカではないし、ＴＰＯで使い分けているのだ。目くじらを立てる問題ではない。「こころよく　我にはたらく仕事あれ　それを仕遂げて死なむと思ふ」なんて歌を詠んだ人には恨まれそうだが、会社時代は「いつやめよう？　やめたら何をしよう？」と考えることしばしばだった。予備校講師や通訳になろうと考えたこともあった。教員になってから仕事をやめようと思ったことは一度もなかったし、転職しようなどと考えたこともなかった。

3月末ぎりぎりで採用が決まったので、余裕の時間はほとんどなく、下宿探しや引っ越しやその他諸々で忙しく、学校の仕組み・授業の仕方・最も大切な生徒観等何も準備ができていなかった。例によって「案ずるより産むがやすし」で飛び込んだが、担任をすることになり、すぐ授業が始まった。大学のクラスで教員になったのは多分私一人。管理職も社会人経験もあるし、仕事はすぐ飲み込むだろうと思ったに違いない。ところが実際は初めて猿の惑星に降り立った地球人。最初は生徒のことも授業の仕方も暗中模索だった。でも例の「何とかなるさ」で突入！

定時制では、授業中退学した生徒が学校に遊びに来て、後ろのドアから教室の中の生徒とおしゃべりを始めたので、私は廊下に出て「授業中だからやめなさい」と注意したが、廊下で胸倉をつかまれ、あわやというところだったが、隣の教室のベテラン教員が仲裁に入ってくれ、かろうじて事なきを得た。

何日も休んだ生徒がいたので、親に連絡をしたが、「てめえ、何で俺にことわりなしに家に連絡するんだ」と暴言を吐かれ、手は後ろで組んでいたので殴られても仕方がないと思ったが、ヨーカ堂で買ったばかりのシャツをビリビリに破られた。この時もクラスの生徒が止めてくれて、何とか収まった。似たようなことは何度かあったが、若気の至りで、今考えるともっと言い方があった。例えが正しいかわからないが、変化球なしの直球ばかり投げていたピッチャーだった。互いの理解が深まってくると、デッドボールもなくなり、そういう場面も少なくなった。

クラスの生徒がアパートに遊びに来たこともあった。アパート前の駐車場にマフラーを外したバイクで乗り付け、晩飯を食べていった。暴走族のはしりの頃（?）で、特攻服というらしいが刺繍入りの服が凄かった。二人ともいい子だったが、アパートの住人も女房もさぞかしびっくりしたことだろう。どう考えても教員の家にあの服では来ないと思うが、初めて間近で暴走族の服を見た。「いい子」というのは対話がなりたつという意味。

妻とは職場結婚だが、堅気のサラリーマン家庭の出身で堅実さと気配りの権化だ。私は真逆の人間。単純化すれば「そんなこと、どうでもいいじゃん」vs「それは常識外れでしょう」ということになるが、そもそも家庭文化が違うから仕方がない。私を非難する人は沢山いると思うが、彼女を悪く言う人はいないだろう。よく40年以上続いたと思うが、彼女の寛容と忍耐のおかげでなんとか持ちこたえたのだと思う。「我慢しついでにあと数年辛抱して下さい」と謝るしかない。

生徒とは段々仲良くなったが、教科知識はほとんど役に立たず、かといってどう授業したらいいかという工夫もできず、その点では大変だった。とにかく授業にしろ担任にしろ自分に「教育観」がなかった。

ここでも、私を気遣ってくれた教員がいた。気兼ねのいらない男勝りのユニークなキャラで、家が近かったので、彼女の車でよく送ってもらった。帰りの車の中で怒鳴りあいに近い議論をしたこともあるが、お互いに執念深くはないので、翌日はあっけらかん。今でも付き合いがある。

徐々に学校のシステムがわかってきた。学校の仕事は授業や担任のほか、教務部（年間計画や時間割作成）・生徒部（生活指導）・進路部等に分かれていたが、私は書類仕事は嫌いだし、事務能力もないので、ほとんど担任と生徒部担当で過ごした。つまりスタッフとラインと分ければ私は根っからのライン人間だった。

担任は成績をつけたり、「説教」をしたり、事件があれば謹慎を命じたり、権力的な対応をせねばならない場面はあったが、どんな場合でも言葉で説得することを心掛けた。生徒を殴ったことは一度もない。

心掛けたことは生徒とのコミュニケーション。授業終了後は必ず教室へ行き、生徒と一緒に掃除をした。私はだらしない性格で掃除など好きではない、担任といっても授業がない場合もあるので、教室へ行って一緒に掃除をしながらおしゃべりをした。三国志ゲームが流行っていた頃、恐れ多くも私にむかって三国志のクイズを出してきた。全問正解したら「すげえどうして知っているの？」と驚かれ「俺を誰だと思っているんだ」と切り返した。掃除をしながら受験の話とか父ちゃんや母ちゃんの話等をしたが、思わぬクラスの中の情報が耳に入ってきたりもする。掃除をしながらの方がリラックスして話せたかも？

10年近く机を並べた同僚から「島田さんの魅力は開けっ広げの開放感だ、人は通常鎧《よろい》を着て生きているが、島田さんの場合は鎧が感じられない。いや、鎧があっても穴だらけだ、だから生徒も同僚も話しやすい」「教師が構えていなければ、生徒も構えない。かなり特異な人だけど、そこが魅力でもあるし、弱点でもある」と言われた。

鎧はかさばるし重い。言い換えれば、隙だらけの楽な生き方をしてきたということだろう。単なるバカとも言えるが、確かにそうかもしれない。これは持って生まれた性格だからどうしようもない。無理をしてかっこをつけても疲れるだけ。

ある女性の同僚は「島田さんは、不用心で開けっ広げの人だ」と私を評し、もう一人の同僚は私のことを「寅ちゃん」（後述）と呼んでいた。そう言えば学生服も背広もネクタイも大嫌いだった。とにかく「締め付けるモノ」はすべて好きではなかった。

仕事について言えば、それまでの人生経験（読書・受験・学生運動・会社勤め etc.）はすべて無駄ではなかった。受験や読書は一人相撲だが知識は蓄えた。学生運動は人を説得せねばならないし、大きな声で人を惹きつける演説は授業に通じた。客を選べない営業経験は多様な生徒たちと話すことに役だった。企業の発想も学校経営に生かせた。文学部や教育学部を出てストレートに教員というケースが大部分だと思うが、敢えて社会人経験のある人物を採用することをもう少し考えてもいいと思う。教員志望の若い人達は多様な経験にチャレンジすることを勧めます。

27. シマちゃんへ

どこの学校でも生徒達がお別れのメッセージや色紙をくれたので紹介する。お別れの文章で悪口を書く子はいないから、そこは割り引いて読んで下さい。

A校の生徒のメッセージ。最初の普通高校の生徒の手紙

・とにかく、熱い先生だった。教育熱心で。私の目白の八芳園での結婚式に出席していただいた時。「○○ちゃん、パンフレットみたいに綺麗だなー。」と言ってくれたのが本当に嬉しかったです。……^_^

・こんにちは☺○○です。
島田先生の印象に残った一言があります。短大全部落ちた時。私の親はもう定年でした。先生の言葉。「人生80年。1／80。1年みんなより出遅れたっていいじゃないか」との言葉です。1年間予備校に通い短大に行きました。

私には社会人の娘と大学3年の息子がいます。2人とも推薦で大学行きましたが、もし落ちた時は先生の一言を使う予定でした。私は離婚したり退職したりとありますが、人生80年の1、2年間ゆっくりしよう、焦るなと自分に言い聞かせています。またお会いしたいです。

・1年と3年でお世話になりました。シマちゃんのマイペースな性格が好きです。本当にありがとうございました。

B校　ここの生徒達は「シマちゃんへ」という小冊子をくれた。以下抜粋

・文化祭ご苦労さまでした。本当にいい思い出です。それからコロッケの差し入れありがとうございました。おいしかったです。(文化祭の準備で夜は公民館を使いました。近くに肉屋があり揚げたてのコロッケを買ってよく差し入れました。都教委に請求書を出したいくらい)

・先生♡♡　本当に感謝の気持ちでいっぱいです。先生のクラスで本当によかった。

・2年間迷惑かけっぱなしだったけど楽しかったでしょ?　先生みたいな変な先生初めてだったけど、それなりに楽しい2年間でした。一年後受かったら一杯やりましょう♡

どうもありがとうございました。

・2年間お世話になりました。先生は今までの先生の中でかなり刺激になりました。これからも健康で頑張ってください。

・いつか先生の希望通り小料理屋をオープンすると思います。その時は割烹着をプレゼントして下さい。（注：遠足の時、クラスでそば打ちをしたが、その時着た割烹着がとてもよく似合い、人当たりもいい子だったので、冗談で「小料理屋をやったら絶対うまくいくぞ」とからかったものです）

C校　ここは何人かの生徒達が卒業の時、手紙をくれました。

・シマちゃんへ　髪の毛とかは自由でいいってただ一人校則に反対した先生はうちらにとっては心強かったし、わかってくれるなと思っていました。頑固っていうか自分の信念曲げないところは尊敬しています。でももう若くないんだし、車椅子にならないように体には気を付けてね、同窓会とかで悲しいことは聞くのやだからね。私も社会に負けないように元気で頑張ります。3年間ありがとうございました。

・3年間お世話になりました♡♡♡。一年の時はまじめで可愛い私の面倒をみてくれてありがとう。そして面倒みました（笑）。大学の相談乗ってくれたり、受かって喜んでくれたり、本当にありがとね‼　あと腰大丈夫？　心配だよ。退職後ゆっくり過ごしてね。大学頑張るねシマチャン大好きだよ♡　体に気をつけてね。かわいい、かわいい○○より

・先生が担任でよかったです。先生じゃなかったらきっと卒業できなかったと思います。ありがとうございました。

・二年間ありがとうございました。先生の信念守り続けて下さい。期待しています。

・先生♡♡　本当に感謝の気持ちでいっぱいです先生のクラスで本当によかった。

・1年と3年でお世話になりました。シマちゃんのマイペースな性格が好きです。本当にありがとうございました。

・いつまでもそのゆるい感じで頑張ってください。一年間ありがとうございました。

・二年間お世話になりました。マイペースな担任がとても楽しかったです。長生きしてください。……最後までいろいろアドバイスありがとうございました。♡♡

・島田先生の好みのタイプはイングリッドバーグマン・温泉・泡盛・カラオケ18番『旅人よ』はよく聞かされました。会えてよかったと思う先生は島田先生

別に生徒を扇動したわけではなく、「服装や髪型は個人の人権に関わることだと思う」と話しただけ。生徒達は気楽に書いているが、私には結構軋轢があった。覚悟して発言していたが、生徒部は体育科中心で結構厳しかったので、私は白い目で見られていたと思う。私達の高校時代は誰に言われるでもなく、当然の権利として制服制帽の廃止を要求したが、時代が変わったのだ。

D校

放課後、何人かの生徒が社会科室に質問（おしゃべり）に来た。横に教科の教室があったのでそこでよく話した。私は独身で退職後スペインへ嫁さんを探しに行くと冗談を言っていた。まさか、本気にしていたのかな？　学校は一種独特の空気があり、彼女達には少しなじまず「私とのおしゃべりは彼女達の息抜きだったんだろうな？」と感じていた。以下は手紙です。

・島田先生、スペインで気に行った人を見つけて結婚する気になったら言ってよね。花束もって花びらかけてあげる、うちの結婚式にも呼んであげるね！　島田先生があまりにも可愛いから世界史一所懸命勉強したんだよ。ありがとね。今度遊びに行こうね。プリ撮ろうね！　約束ね！　基本、先生って嫌いだけどシマちゃんは嫌いじゃない。これからも人生頑張ってね！（一応独身50才で通しました）
・島田先生が先生辞めて外国へ行くなんてさみしいよ。スペインへ行っても美人の彼女なんてできないけど頑張ってね（笑い）。先生の所に質問しに行くの楽しかったな。これからは質問できなくなるのか。島田先生大好き――♡

〈読み返してみて思うこと〉

人には相性というものがあるので、皆に好かれるなどというのはありえない。逆にそんなことがあるとすれば気持ち悪い。自分では普通と思っていたが、私はユニークな先生で、一般的な教員ではなかったようだ。いろんな生徒がいるんだから、いろんな教師がいていいじゃないか！

生徒達は敏感に教師の匂いをかぎ分ける。無理をせずにありのままの自分で接した。自由奔放な私を苦々しく思っていた同僚も生徒もいたと思うが、人が何を言おうと気にしなければいい、自分の人生なのだから。

私のキャラやバカ話が息抜きになっていたとすれば、それはそれでよかった。教師がみな聖人君子で画一的だったら、学校はつまらないし生徒の逃げ場はなくなる（という言い訳をしておく）。私は60過ぎてたけど、女子高生にとって私は可愛い存在だったらしい。

28．一緒に楽しんだ行事

大切にしたのは文化祭かな？　私は芝居も好きなので、どこの学校でも文化祭では「おい、芝居やろうぜ」と呼びかけることにしていた。

生徒達は面倒なことは嫌いなので喫茶店とか縁日とか食堂とか、できるだけ安易なものを選ぼうとする。勿論強制などできないからあの手この手で説得した。失敗したほうが多い。

某校では文化祭は演劇が中心だったので、説得の必要もなかったが、そんな学校は少ないので喫茶店と縁日だらけの学校で演劇に挑戦するのは大変だった。演劇は役者は勿論、舞台装置・音響・照明など様々な役割があり、クラス全員が協力しないとできないし、手数もかかる。しかし、何でも手数がかかるほど達成感はある。

まあ「いい思い出を作ってほしい」し、「友達作り」ができるし、これから先二度と芝居なんかする「チャンス」はないと思うからチャレンジしてみたらと勧めた。私も出演したりした。

　客は喜んだり、感動したりしてくれるのでやり甲斐もある。放課後遅くまで残って練習せねばならない。学校は遅くまでいられないので、直前の数週間は近くの公民館で夜10時近くまで練習をした。勿論つきあったが、家に帰ると12時を過ぎていた。直前の数週間は土日なし、そんな日々も結構楽しかった。強制されたら絶対拒否するが、若かったこともあるし、自分が好きでやっているので全然苦痛ではなかった。この仕事が好きだったのだ。

　生徒達にも大変なことに挑戦して達成感を得てほしかったし、担任としても生徒のキャラが見えてこれもまた面白かった。近くの肉屋でコロッケを買って生徒達におごった。若者達が一生懸命頑張っているのは見ているだけでも楽しかった。保護者が差し入れてくれたこともあった。

　教員に不信感を持っている生徒もいて、中々全員とは親しくなれなかったが、駆け引きをする必要はないので地のままで接した。

　親しくなれば生徒は色々なことを話し、相談してくる。信頼関係を築くことが大切という話もあるが、私は信頼されるような立派な人間ではないので、とにかく生徒達と話せる関係を作ることに努めた。いじめなどの実態は担任でもつかめないことが多い。とにかくカウンセラーも授業も部活顧問もすべての役柄をこなさねばならなかった。昨今の学校はやたらと書類仕事が増えて、生徒と話すより、パソコンと話している時間の方が多いようだ。

役人の世界は文書が大切なようだが（その割には平気で改竄《かいざん》をするようだが？）教員は基本的に書類相手の仕事ではなく、人間相手の仕事だからそこは踏まえた方がいいし、書類書きで時間が費やされるのは本末転倒だ。お役人は自分の仕事の流儀を他人の仕事に押し付けないでほしい。

某校では球技など経験もなく大嫌いな私が、できたばかりのソフトボール部の顧問を頼まれた。男の子だったら断っていたと思うが、女の子達に囲まれて「ほかに引き受けてくれる人がいないから是非」と迫られ、生来の人のよさでつい引き受けてしまった。球技は苦手という事情は説明したが、「とにかくお願いします」と言われ、断り切れなかった。冒頭で書いたように球技は苦手で、野球のルールもよく知らず、タッチアウトとフォースアウトの違いも知らなかったので審判は辛かった。ノックなどもできるわけがない。仕方がないので練習した。おかげで腰痛が再発した。

グラウンドは他の部活で満杯だったので、近くの公園の広場で練習した。生徒だけにしておくわけにいかないので、ほぼ連日付きあった。学校に帰ると冬はいつも夕闇だった。生徒達が試合を申し込み、公式戦の前の土日は必ず練習試合という月もあった。当時の手当ては雀の涙。

何よりも事故がなくて助かったが、運動音痴の私が運動部の生徒の活動に責任を持たねばならないということにずっと矛盾を感じていたので、部活動は社会体育にすべきと思い、口にはしていたが相手にされなかった。でもプロ野球の中継がすこしわかるようになった。

29. 本命は授業

それにも増して難しいのは授業だ。生徒はいい迷惑だったと思うが、始業のベルの5分前には職員室を出て、ベルと同時に教室に入った。つまり授業は好きだった。「好きこそものの上手なれ」という諺もあるがお世辞にもうまくいったとは言えない。はっきり言って試行錯誤の繰り返しだった。

生徒の時代は、興味のあるテーマに関しては質問したりしたが、すべての授業に積極的に参加したとは言えない。教師になったくせになんだと言われそうだが、受験に関して私はほとんど独学なので、そういう意味で授業には期待しなかった。

面白かった授業は中学時代の国語（前述）と高校時代の生物と日本史（前述）。日本史はおおらかな授業でよく脱線した。その脱線の話が面白かった。生物の先生は博識だった。皆さんユニークで、印象的だった。ただ私は特殊な生徒だったので他の生徒達も同じだなどということはないだろう。後で知ったが、生物と日本史の教師は父の松高（前述）の後輩で、父とは付き合いの深い人物だった。彼はそのことについて何も言わなかったが、逆に知らないで良かった。松高出身の教師は何人かいたが、さすがに力があった。

板書を必死になって写すということについては時間の無駄だと思っていたから、途中から要点はプリントにまとめて配布するようにした。プリントに沿って説明し、残りの時間で説明したり、考えたり、議論したりした方が有意義だと考えた。

例えば「キリスト教って何?」「ペストの大流行はなぜ?」「釈迦の説いた仏教と日本の仏教は同じ?」「そもそも憲法と人権とは何か?」「イスラームでは女性はなぜ顔を隠さなくてはならないのか? なぜ豚肉を食べてはいけないのか?」「日本の財政は大丈夫なのか?」等々疑問は果てしなく出てくる。

そういうことに興味を持つ生徒もいたが、「そんな話はどうでもいいから受験に出るところをやってよ」とか「高校なんか来たくはなかったけど、親が行けと言うし、友達もみんな行くからしょうがなくて来た」という子もいたし、「勉強なんか大嫌い」という生徒もいた。すべての「客」のニーズに応えることは難しい。

教科書をまとめたような板書を必死になって写すことに意味は見いだせなかったし、大体教科書を読めばわかるだろうと思っていた(これはかなり傲慢)。板書を必死になって写す生徒の気が知れなかった。だから時間をかけるならば、「なぜ？」に時間をかけるべきと考えていた。

私は持ち時間の関係で地理以外の全科目の授業をしたから、とにかく予習が大変だった。当時は地歴・公民という区分はなく社会科の教師として採用されていたから社会科の全科目を教えなければならないというのが建前だった。一応専門性は尊重されていたが、持ち時間の関係と生徒の選択科目の希望人数などでそうはいかず、運の悪い（？）私は年度により教える科目が変わったり、複数の科目を持たねばならないことがしばしばあった。これは結構大変。

学校は予備校ではないし、受験は大きな動機になるが、都立校の必修の授業にそれを求めるのは無理だ。浪人して高い授業料を払って目標がはっきりしている生徒を教える予備校と普通の都立高校の生徒では目的も意欲も違うし、授業への姿勢も違う。「これは入試に出るよ」というセリフも一部の生徒を除いて誘因にはならない。

今も当時も生徒達は偏差値で輪切りにされて入学してくるから、大体の学力は似ているが、それでも多様だ。先生が好きだから授業に一所懸命参加するという生徒もいるし、その逆の生徒もいる。中には私のような生徒もいる（いないか？）。とにかく生徒は様々だから実に難しい。

色々試行錯誤したが、私の最後の結論は、教えている人間が教材に興味を持たなければ生徒が興味を持つわけはない、その上で「何を生徒に伝えたいのか？」という思いが一番大切だと思う。その意味で自分が納得したやり方で、自分のスタイルで授業をするしかない。語りの方法や板書の仕方・教材の選択やプリントの作り方などのテクニックはその次のことだ。

〈挿話〉一期一会

固い話が続いたので、ここでまたエピソードを一つ。教員時代に職場の3人の同僚達と箱根の温泉宿に泊まった。客が少ないからと言って、余った酒や料理をただで運んでくれた年配の中居さんと話が弾み、冗談で「4人の職業を当ててくれ」と言ったら、私は「組合の副委員長」と言われた。他の3人はそれぞれ不思議なほどピッタリの答えだった。職人・医者・商店主だったかな?

ちなみに「長のつく立場にはならない」（というよりなれない）というのは私の「信条」で、全く脈絡のない唐突な答えにびっくりしたが、同時になぜだと思った。労働組合の顔などというものがあるわけがない。理由を聞けばよかった。どうも詰めが甘い。

もう一つ、同じメンバーと旅行した時の旅館の中居さんとも話が弾んだ。まだ仕事について日が浅い雰囲気で感じのいい人だった。年齢は同じくらいで、私達の部屋にお茶を持って来て、長居しておしゃべりしていった。私は粘着質ではないし、執念深い性格ではない。「人畜無害」と言われ続けてきた私に安心感があったのかもしれないが、連れ達を無視し二人でたわいもない会話が弾んだ。他のメンバーは「嫉妬の目」（?）で見ていたかも。今思うと普通の客とは違う匂いを感じていたのかもしれない。

私は、帰りのロマンスカーの中で連れ達と離れた席で一人ちびちび飲みながら、彼女の「不幸な物語」を創作し、仕事をやめて彼女のヒモになって小説を書いている自分を妄想した……。現実性は全くないからこそ妄想という。苦労しているような気もするが元気だろうか?

30. 生徒が創った卒業式　生徒と同僚の手紙

卒業式実行委員長の手紙

島田先生大変ご無沙汰しております。卒業生の○○です。３日前に○○から連絡をもらい、島田先生が本を執筆するにあたり、生徒からのコメント集めをされていると聞きましたので送らせていただきます。

担任ではなく、しかも卒業後20年近くが経過しているにもかかわらず、記憶にしっかりと残るユニークな先生でした。思い出深いエピソードが２つあります。

一つは教科書を使わない授業。科目は世界史と倫理。とにかく、先生自身のお考えやご経験を沢山話してくださる先生でした。その話に只々聴き入っていましたし、毎回の授業が楽しみでした。こんな授業形態でしたので、定期試験の問題がどんなものになるか想像がつかず、とにかく高得点を取りたかった当時の私はとても不安だったのを覚えています。

もう一つは、新しい卒業式への挑戦。これまでの「儀式」としてのものではなく、少しでも「卒業生が創り上げる」ものにしようと、尽力してくださった先生でした。結果的には、前半部分をいわゆる儀式に、後半部分を卒業生自身で創り上げる、という2部構成のものが出来上がりました。卒業生自身がつくりあげたからこそ、「在校生たちへ送る歌」に熱がこもりました。そして、担任の先生方に壇上に上がっていただき、花束を贈呈するプログラムを組み込めたことで、高校3年間の感謝の気持ちを、しっかりとお伝えすることができたと思っています。想像を超えるほど、卒業式で泣いてしまったのは、先生のせいかもしれません。

注：彼は卒業式の実行委員長で、式の中身についても様々なアイデアを出してくれました。私よりよほどしっかりした生徒で一緒に仕事ができて本当に楽しかった。

生徒達が合唱したのは「**旅立ちの日に**」でした。歌詞も素晴らしいですが、曲も同様に素敵です。知らない方はネットでどうぞ。真冬の寒い体育館で何回も練習したことを思いだしました。

そして保護者と対面で向き合い、生徒代表が両親への感謝の気持ちを込めてスピーチを行い、私達や保護者の拍手で生徒達は会場を後にしました。

〈卒業式にまつわる島田さんの思い出〉

都教育長が入学式・卒業式は、校長の職務命令で実施するよう通達を出したのは、2003年10月のことであった。その実施指針によって〝国旗を会場舞台正面に掲揚すること〟〝教職員は国旗に向かって起立し、国歌を斉唱すること〟〝卒業証書授与は必ず壇上で行うこと〟〝児童・生徒は必ず正面に向かって着席すること〟等が定められた。これにより、それまで個々の学校の創意に任せられていた入学式・卒業式の形態は、画一化された。

この式典を画一化しようとする都教委の動きは、1998年文部省が、国旗を掲揚し、国歌斉唱の指導を行うように指示を出したことに始まる。都教委は、この国旗・国歌をめぐる問題を中心に、年々、公的儀式であることを強調し、徐々に式の画一化の指導を強めてきた。当時の国会で小渕恵三首相も有馬文部大臣も「強制することはあり得ない」と明言していた。

都立○○高校27期生の卒業式は、その通達が出される2年前の、2001年3月に予定されていた。卒業生担任団の一人、島田先生は「卒業式を生徒達のものにしたい」と卒業式実行委員会組織の立ち上げとその指導担当を名乗り出たのであった。

彼は当時、48歳か49歳くらいであったか？　時折規格外れの言動をする彼ではあったが、まさか卒業式をぶちこわすような行動を生徒達にさせない、という社会常識は持っているであろうと、生徒指導を彼に一任した。

「式次第を特に変えるつもりはない。具体的な内容は当日のお楽しみ」と、我々担任団も、何も教えてもらえなかったのである。

その日の式会場にまだ国旗はなかった。国歌演奏はされたが、斉唱の強制もなかった。卒業式は、校長、教育委員会、ＰＴＡ会長などの挨拶のあと、卒業証書授与（クラスごとに代表一人が受け取る形式）と淡々と進められた。そして送辞、答辞が終わり、卒業生退場という最終盤の時であった。卒業生の何人かが突然立ち上がり、その中の一人が「私達卒業生は、担任の先生に御礼を言いたいです。どうか担任の先生方、壇上に上がって下さい」というようなことを、大声で叫んだのであった。

その事態を全く予想していなかった我々担任団（島田先生を除いて）は、その勢いにおされて驚きながら壇上に上がって、一列に横並びした。

すると3年8組の全員が起立し、そのうちの数名が壇上に上がってきた。そしてハンドマイクを握った生徒が「H先生、前にお願いします」と言ったので、担任のH先生は一歩前に出た。

我が校の文化祭は、クラス演劇が中心の文化祭として結構知られていた。3年8組は、その年の文化祭演劇で最優秀賞を獲得していた。マイクの生徒は、そのクラス演劇の思い出を語り、2年間の担任の言動に触れながら、感謝の言葉を述べたのである。そして一人が花束を渡すと、起立していた8組の生徒全員が「H先生、有り難うございました」と大きく声をそろえたのであった。H先生が感激したことは言うまでもない。

1組の担任であった私は、壇上の列の端にいた。ふと舞台の隅に立っている校長に気づいた。その校長は、生徒、教職員にそれなりに人気のある、いつも明るい先生であった。しかしその時は険しい顔つきで、学年主任であった私に、すぐに止めさせるようにという指示の動作をしたのである。私は「始まってしまった。もうどうしようもない」という気持ちから、一度校長に頭を下げ、そして目を離した。

担任に感謝の思いを伝えるパフォーマンスは、次々に行われたが、どのクラスのものも機知に富み、内容が濃いものであった。

その5番目、3年4組の番になった。マイクを持ったそのクラスの女生徒が、天井に向かって語り始めた。

「I先生、私達は今日卒業します。天国から見ていて下さいますか？」

3年生の夏まで彼らの担任で、常に生徒ファースト、誠実であったI先生は、急性心不全で逝去されていたのであった。一クラス5、6分前後のサプライズ劇は、結局8回行われた。前半静々と進んだ卒業式も、後半は大賑やかものとなり、生徒達の合唱やその他諸々で予定の倍以上の時間をかけてようやく終了した。

教室に入り、一人一人に卒業証書を渡して解散し、職員室にもどって一息ついた時、校長室に呼び出された。学年主任としてお叱り覚悟で校長室に入ると、開口一番、「やってくれたわね。どうして卒業式を終えてから、自分達だけでやることにしなかったの」とため息交じりに言われた。その後、ちょっと驚く言葉が続けられた。「でも、都教委の役人からは何も言われなかったし、PTAや来賓の方々からは、感動的な良い卒業式だったという声が幾つもありましたよ。……とにかくご苦労様でした」と。胸を撫で下ろした瞬間であった。

卒業式という儀式の中に、生徒のための行事という発想から、ああした大胆なサプライズ企画、パフォーマンス劇を演出した島田先生は、快男児教員というしかない。否、快男児ではなくて怪人（？）だったのかもしれない。（一緒に学年を組んだ一人）

注：この時の校長は、皆に好かれていたし、私も大好きだった。頭の固い校長だったら「中止」と言ったかも？　今でも感謝している。また何人かの都教委の役人が監視していたと思うが、場合によってはタダでは済まなかっただろう。彼らもいい卒業式だと思ったのだろう？

その後都教委の締め付けはますます激しくなり、起立して『君が代』を歌えという強制まで始まった。私は合唱部へ入ったくらいだから、昔から歌は大好きだ。風呂の中でもよく歌う。音楽の時間は別だが、そもそも歌は強制されて歌うものだろうか？　嬉しいにつけ、悲しいにつけ、自然に口ずさむものだ。あの苛烈な学生時代も誰が言うでもなくみんなで歌った。

しかも歌詞は国民的にも議論があり（戦前の国定教科書には『君が代』は天皇陛下のお治めになる国が千年も万年も続きますようにというおめでたい歌だと記されている）、言い出しっぺの都知事は「僕、君が代なんて歌わないもんね」（『文學界』2014年3月号）と発言した。家族ともめ、歌わずに処分され、生活を脅かされ、解雇寸前まで追い込まれた教員達はどうなるのか？　「俺は歌わないけど、お前達は歌え」こんなデタラメが通るのか？

私は強制は憲法に反する（思想・信条の自由と表現の自由の侵害）と考えていたので起立せず処分されたが、東京都では延べ500人近くの教員が処分された。政治家の中国批判のきめ台詞は「法の支配」と「自由と人権の尊重」の欠如だが、意味がわかって言っているのか疑わしい。中国は国歌法で国歌斉唱を義務付けているが、政治家達が共通の価値観を持っているという欧米諸国で国歌斉唱を義務付けている国はない（岩波新書「日の丸・君が代の戦後史」参照）。

卒入学式の直前には、命令に従わない場合は定年後の嘱託は認めないという中身の文書を渡され、その脅しに余計腹が立ち、もう不起立しかないと思った。言葉で説得するのではなく脅し（処分）で言うことをきかせるのはヤクザの手口だ。これ以降も納得のいく説明をした校長は一人もいなかった。都庁で都教委を相手に意見を言った記憶があるが、聞く耳を持たずという感じだった。「あなたは校長として教育者として自分の意見がないのか？」「憲法違反とは思わないのか？」と迫ったこともあったが議論は成立せず、最後は「国民なら君が代の斉唱は当たり前だ」から始まって最後は「命令ですから。従ってもらいます」。教員は日々言葉で生きているのだ。言葉で説明できないようなことは命令すべきでない。

生徒主体の感動的な卒業式を行っていた学校の式はすべて変更させられ、戦前と同様な儀式となった、登場しないのは「教育勅語奉読」と「天皇陛下万歳」くらい。

私が頂いたご褒美は戒告処分と昇給延伸（これはボーナスや退職金にもはねかえるので。いずれも金額的には大きい）と嘱託はさせないという脅し。嘱託は5年間で月給は20万くらいだから減収は1千万以上になる。裁判の影響が大きいと思うが、処分後5年経過すると嘱託可能になった。私が退職したのはちょうど5年後だった。外部の警備の仕事で式に出ないという選択もあったが、毎回敢えて出席し、退職寸前まで追い込まれた被処分者もいた。そして裁判は今も続いている。

テレビによく出る評論家が知事であった大阪府立高校の卒業式では知事の親友である校長が知事の意向をくんできちんと声を出しているかどうか一人一人唇をチェックして回ったというニュースを見た。「多数決で決まったことには従え」が彼のきめ台詞だったが、多数決がいつも正しいわけではない。ヒトラーも多数決で人権侵害の法律を量産した。「憲法に従え」という言葉をお返ししたい。権力者は画一化と強制が大好きらしいが、喜びも感動も自分達で考え、自分達で作ればより大きくなる。卒業式会場から涙をぬぐいながら巣立っていく生徒達を見てそう思った。なぜ話し合うこともせずに、生徒達の創意工夫を押しつぶしてまで自分達の固定観念を押し付けようとするのか？　それは民主的ではないだろう。

以下は担任や分掌（職員の任務分担　教務・生徒指導 etc.）の皆さんから頂いた文章です。

〈チョークを食べた島田さん〉

生徒から「島田先生が授業中にチョークを食べた」と聞いた。いくら彼でもそんなことはしないだろうと思っていたが、後で本人に確認したら、チョークそっくりの菓子を黒板の桟（黒板の下のチョークや黒板吹きを置く棚）に置いておいて、授業中に食べたらしい。その類のエピソードは他にもあるが、発想は基本的にリベラルで沖縄修学旅行では色々勉強させてもらった。彼は楽しみながら、教員生活をおくっていたと思う。

注：すっかり忘れていましたが、そんなこともありました。浅草の土産物店で買ったチョークそっくりの駄菓子を土産でもらったことがあり、授業は堅苦しいから、たま

には気分転換をしようと「企画」した。わざとらしくやるとばれるから、そっと持ち込み、授業に熱中しているふりをして「チョーク」をさりげなく口に運んだ。一瞬教室の空気が凍り付いた？　成功！「あれチョーク食ったことないの？　これ結構うまいんだぜ」と言って、授業を続けた。数日後、ある生徒が「先生チョーク食ってみたけど、まずかったよ」と話しかけてきた（本当です）。まさかと思ったが、すぐ吐き出したらしいが命に別状がなくてよかった。

〈不思議な魅力の持ち主〉

島田さんとは誕生日が同じである。ただし、月日であって生年は異なる。確か血液型も一緒、こう並べていくと二人の性格は似ているようだが、全く異なると思っている。私は良識ある常識人だが、彼には常識は通用しない。

彼とは一緒に温泉に行ったことがある。ただし40人の生徒達の引率としてである。3年の担任時、春の遠足で他クラスが皆長瀞に行く中、クラス遠足にこだわった4組だけが別行動となり、複数の引率者が必要であった。島田さんにお願いしたところ、「なぜ、私が……。」と驚かれた。クラスの授業担当をされていたのでお願いしたのだが、これが初めての会話だった。

当日、島田さんは行きのバスでずっと熱く語り続け（何の話だったかは思い出せない、理想の授業のあり方だったか）、相槌を打つのが大変だったと記憶している。伊香保のグリーン牧場でバーベキュー後、ホテルへ移動。男子風呂の巡回をお願いしたら、どうも露天風呂まで入り温泉を堪能したらしい。お風呂上がりに休憩室で生徒Aさんに背中を踏ませてマッサージ、「ああ気持ちいい」今ならセクハラものでしょう。

ただ授業と異なる島田先生を間近で見、面白いというのが生徒の感想だった。それまでは「島田先生は授業中絶えず教壇をせわしなく動き回るので、注視して話を聞いていると目が回り気分が悪くなる」と相談を受けていた。「話は真剣に聞いても、話しているその顔をなるべく見ないように」というのがその時の私の助言。

その後、文化祭の演劇に関することで随分とお世話になった。とことん話し合いをさせ、妥協しない。生徒に信頼されているからこそ、生徒とキャッチボールしながら型にはまらず新しいものを創り上げていく、そんな熱源を持っている。自分の信じることにはこだわり、突き進むパワーがある。そして一歩ぐいっと踏み込んで近づいてくる。

ソーシャルディスタンスはとれない人である。その一方で随分と純情な一面を持ち合わせているし、関心のないことはすぐ忘れてしまう。高尚さと人間くささとが共存している不思議な魅力の持ち主だ。また、日の丸君が代問題ではとてもお世話になり感謝している。

注：「一緒に温泉へ行った」を目にした時はドキッとした。いくら記憶力が衰えているとはいえそんなはずはないと思ったがやはりなかった。退職後、「島田さんは今の都立高校では生きていけない」と言われたことがあった。誤解されると困るので一言、私はひどい腰痛持ちで同じ姿勢はきついので授業中は教壇を動いていました、この日は長時間のバス旅でつらかったので生徒に「腰踏んで」とお願いしました。おかげで随分助かりました。

当時私は組合の本部委員（本部委員などというと偉そうですが、回り持ちの組合本部との連絡係）。ちょうどこの頃に都から日の丸・君が代の強制が始まり、否応なしに先頭に立たざるを得ませんでした（人生すべて巡り合わせ）。大体日々の授業で人権だの自由だのと口走っていて、いざ本番となったら、尻に帆掛け船などというのは褒められた話ではないし、生徒は見ていると思いました。幸い私は共稼ぎでしたので、妻とも相談して不起立を選びました。心の中で苦渋を抱えながら、やむをえず起立して口を動かしていた人も多かったと思います。日教組系の組合執行部は我々を支援するどころか、「不起立は自爆テロ」だと言って我々を攻撃しました。日教組自体も戦う気はなかったようです。ある会合で、前任校の同僚で校長になった人物から「最近、だいぶ旗を振っているようじゃないか」と嫌味がましく言われました。聞こえたか聞こえなかったか知りませんが「旗を振ってるのはあんた達だろう」と呟いた記憶があります。「人に命令し、処分するほどの信念があるなら現役の時から一人でも歌えばよかっただろう！」と思った次第です。

〈楽しい学年でした〉

島田さんは職員室の学年の席は私の隣を希望し、何かと確認したいことやプリント類を「見せて」とすり寄ってきていました。話が終わると大事なプリントや書類を私の机に置き忘れていくことしばしば。いつもニコニコしているけど会議などで納得できないことにはとことん意見を言い、普段の印象とは全く違う面をみました。

それを聞いていて「沢山本を読んでいて勉強家で色々な知識を持っている先生だ」と思っていました。生徒には独身と言い続け、不思議とそれを真に受ける生徒もいて……何とも言えないそんな日常でした。毎日が楽しい学年でした。

注：やましい気持ちはありませんでしたが、頻繁にすり寄ってしまい、ご迷惑をおかけしました。彼女は誰が見ても学年担任団で一番まともでしっかりしていました。私とは対極。私は当時から認知症の気があり、既に要介護状態でしたが、彼女は教室では生徒・職員室では私と、両方の面倒を見なければならず本当に大変だったと思います。いやな顔ひとつせず、介護してくれたことに本当に感謝しています。コロナが通り過ぎたらまた飲み会しましょう。

〈島田さんと働いた頃〉

島田さんと一緒に働いたのは20年ほど前でした。新自由主義の風が吹き荒れた時代。勤務校にはまだ競争原理を是としないのんびりした空気が漂っていました。

島田さんは転勤してきたばかりで、この時代錯誤的な理想主義に違和感を抱いていたのではないでしょうか？「規制緩和が色々な分野で実施されるんだから学校も変わらなくちゃ生き残れない」と言っていました。

そして周りの反応の鈍さ冷たさをものともせず、みずから動き出しました。まず手掛けたのは学校案内のパンフレット。学校の主役は生徒だと主張し、表紙に沢山の生徒の写真を並べ、授業や教員・行事の紹介も生徒の視点で解説するものに作り変えました。体育館で行う学校説明会も生徒が活躍できるように構成しなおしました。

さらに時代遅れだった制服も、有名デザイナーが手掛けた機能的で美しい制服に改定しました。当時どの都立もその多くは数値化、効率化、一極集中化など企業経営の論理をまねた改革を実施していました。島田さんはそんな風潮に抗うかのように生徒が楽しんで学べる学校作りをしようと情熱を傾けていました。民主主義の揺籃《ようらん》時に生まれ、民主主義を友として育った彼の信念と人懐っこさが、そして当時の学校の懐の深さがこんな幸せな試みを実現させたのでしょう。

島田さんのペースに巻き込まれよく飲み、よく食べ、よく議論しました。生徒達も自信を得て積極的に動き出しました。とにかく楽しかった。皆が積極的に動いていた。あれから20年……。今も島田隆のいるところには人騒がせだけど暖かい、草の根の匂いがする風が吹いていると思います。

注：私はあの学校が好きだったのです。校舎も古く、施設はボロボロ、制服も創立当時のまま、駅からも遠く、学区が自由化され、入試の倍率も下がっていました。倍率の低下は生徒や教員の士気も低下させます。「何とかしなきゃ」という思いでした。

そもそも条件が違う学校どうしで競争させようという料簡がおかしいのです。

私は生徒と共にＰＲ委員会や制服検討委員会を作り、生徒達のアイデアや様々な試みを助けただけです。私は自由服派でしたが、自由服を希望する生徒はわずかで多くの女生徒は新しい制服を希望しました。そのための手順（アンケートや制服の展示会の実施・希望調査その他）は生徒達が考えました。学校案内やパンフも同様です。どこの学校でもそんなことができるかというとそうはいきません。学校自体のリベラルな伝統や職員の気風がそんなことを可能にしたのだと思います。学校案内パンフの作成では彼女から沢山のアドバイスをもらい、本当にお世話になりました。私については褒め過ぎです。

読んでいて、こんな「立派な」先生だったのか！　と自分に感動しました。でも「今の都立高校では生きていけない人」だそうですからやはり「はみ出し教員」だったのでしょう。話半分で読んでもらえばありがたいです。とにかく権力者は命令や型にはめることが大好きで教員も生徒も信用していないようです。画一化の極致は彼らが批判しているロシアや中国でしょう。

生徒は素晴らしいアイデアとエネルギーを持っています。知事も教育委員会も自主性や多様性はお嫌いなようです。いつもそうはいきませんが、生徒を信頼してものごとを進めると生徒達も納得してアイデアを出し、行動力を発揮してくれます。ロマンチストは教員に向いていると思います。昨今、教員はブラック職業だそうで、残念ながら希望者が減っているようです。子供達と話したり、相談に乗ったり、読書が好きで新しい知識を紹介したりすることが好きな人にとっては楽しい仕事です。是非積極的に応募してほしいと思います。私はロマンチストですがリアリストでもあるので教員試験の倍率が低下することは良くないと思っています。

第四章　私の「映画と読書」遍歴

31. ガキの頃から映画漬け

父は映画が大好きだった。当時はＤＶＤなるものはないので劇場での再上映がないかぎり一度観たら終わり。父の教え子達の話によると父の授業には映画がつきものだったようだ。

話題の映画や小説は必ず授業と結びついて紹介されたらしい。当時、駅の近くに映画館が二つあり、子供は無料だったのだろう、保育園の頃からよく父に連れていかれた。

映画の記憶は断片的にあるが、鮮明なのは黒澤の『蜘蛛の巣城』。１９５７年公開とあるから８歳の頃だ。笛の音もおどろおどろしく、最初の魔女（ものの怪）がでてくるシーンは怖くて目を覆っていた。

最近は日本中がマクベス夫人状態。「血がとれない」ではなく「菌がとれない」だが、マクベス夫人（映画の原作はシェークスピアの「マクベス」、彼の妻の日本名は覚えていないのでとりあえずマクベス夫人とした）が「まだ血がついている」「いくら拭っても血がとれない」と夜の城内をさまよい歩くシーンや、ラストの三船の首に何本もの矢が突き通るシーンは怖いなんてもんじゃなくストーリーどころではなかった。『七人の侍』『わが青春に悔いなし』『生きる』等、父は黒澤映画の大ファンだったに違いないが、いくらなんでもガキにわかるわけねーだろ！

父は日本映画だけでなくロッセリーニ監督の『無防備都市』、ヴィットリオ・デ・シーカ監督の『自転車泥棒』等のいわゆるネオリアリズムの作品もほとんど見ていただろう。

私は映画館の暗闇に座っていただけで、映写室には入らなかったが。ほぼ『ニュー・シネマ・パラダイス』の世界。あの時代にこれらの映画を何本も観ていた少年は日本広しといえども私だけだったかも？　本だけでなく映画も少年（私）の脳に良きにつけ悪しきにつけ影響を与えたと思う。「障り」（さわり）の方が大きかったかもしれない？「古い映画のすべてにデジャブ（既視感）がある」とまでは言わないが、潜在意識の中に色んな映画が溜まっている気がする。

ネオリアリズムと言えば、フェデリコ・フェリーニの『道』も心に残る映画だ。ザンパノ（アンソニー・クイン）とジュリエッタ・マシーナ演じる痴愚の小女ジェルソミーナは印象的だ。ニーノ・ロータの哀切きわまる音楽もいい。ジェルソミーナの死を知って海岸で泣き崩れるザンパノの姿は胸を打つ。是非ご一見を！　彼は不器用な人間なのだろう。ヴィットリオ・デ・シーカの『自転車泥棒』も見逃せない。バックミュージックが泣かせる。

『禁じられた遊び』も思い出した。今の子供達はこの映画を観ているだろうか？　ぜひ見てほしい。また泣いてしまいそうなので見るのが辛い。

私も父の遺伝（?）で、エンタメからドキュメンタリーまでジャンルは問わない映画好きだ。昔は映画館へ行ったが、最近はレンタルですましている。労を惜しまず出かけるのは、古本屋巡りを兼ねて出かける岩波ホール。いかにもという雰囲気の中高年の観客が多く、少し鼻につくが、若い人が少ないのが残念だ。しかしコロナ禍で閉館が決まったようで残念極まりない。

２０１９年、話題になった『アラジン』を観た。シンプルでストレートでディズニーらしい映画だ。魔法の絨毯とランプの妖精が活躍する。主人公はアラジンではなく父王から望まぬ結婚を強いられようとしている姫ジャスミンである。映画は彼女の自立心と反骨心を高らかに歌い上げているが、彼女は最後には盗賊の青年アラジンと結ばれる。ディズニーらしいハッピーエンドだが、日本では21世紀の今日でもそう簡単にはいかないらしい。

封建社会ではあるまいに好きな者同士が結婚するのに何の遠慮がいるだろうか。まして赤の他人があれだこうだ言うことではあるまい。眞子さんには「主人公であるジャスミンのように頑張れ！」とエールをおくる日々である。

彼女の妹は「私は、結婚においては当人の気持ちが重要であると考えています。ですので、姉の一個人としての希望がかなう形になってほしいと思っています」と発言し、これが「国民」の逆鱗（？）に触れ、あることないこと書かれて袋叩きにあっている。「税金で食っているくせに立場を考えろ」というのもあった、別に彼女達が望んで皇族に生まれたわけではあるまい。彼女達は皇族の前に一人の人間だろう。彼女は姉の気持ちを思い当然のことを言ったまでだ。日本は戦前と変わっていないのではと思う。「人の恋路を邪魔する奴は馬に蹴られて死んじまえ」という有名な都都逸もある。民主主義は個人の尊重を原理としているのだ。

ふと『籠の鳥』という歌を思い出した。この歌は大正時代の歌だ。遊女や妾の立場の人を唄った歌らしい。そうでなくてもあの時代の女性は悲惨だった。今は21世紀、大空に向かって自由に飛び立てばいい。自由な世界には色々あるかもしれない、でもそれが人生だ。そして貴女の人生は貴女のものだ。何もできませんが、私はあなたを応援します。

自民党は皇族減少の中、「皇族女性が一般人と結婚しても皇族離脱は許さない」という法案を準備しているそうだ。眞子さんの妹の佳子さんの自由と人権はどうなるのか？
私だけでなくあなた方を応援している人は沢山いると思うので、どうかめげずに頑張って下さい！
（これは騒ぎの最中に書いた文章。眞子さん結婚おめでとうございます。あれだけの誹謗中傷の中で自分の想いを貫いた貴方は強い人です。これからも頑張って下さい！（2021年9月1日）

『籠の鳥』

あいたさ見たさに　こわさを忘れ　暗い夜道をただ一人
あいに来たのに　なぜ出てあわぬ　僕の呼ぶ声わすれたか
あなたの呼ぶ声　わすれはせぬが　出るに出られぬ籠の鳥……

イギリス王家の歴史は人間的だ。エドワード8世は離婚経験のあるアメリカ女性との恋ゆえに王位を捨てた（1936年）、当時は離婚歴のある人物が教会で再婚することは認められていなかったので、王位を捨てて恋を選んだのだ。ヘンリーとメーガンも王族を捨てたらしい？

日本では明治天皇も大正天皇も妾の子であるし、保守政治家の大好きな男系天皇も側室制度により維持されてきた、幕府でも天皇家でも女は子を産むための道具でしかなかった。

私は、人は平等であり、生まれで人を差別するなどということはとんでもないという父親の下で育ったので、天皇や皇族だから偉いなどと思ったことはないし、「天皇制は天皇家の人々の犠牲の上になりたっている」と考えている。憲法24条は「婚姻は両性の合意にもとづいてのみ成立する」旨を明記している。「皇族は国民ではない」という人もいるが、国民ではない人が「国民の象徴」はおかしいだろう。

父の蔵書に『福翁自伝』があった。その中の「封建の門閥制度は親の仇でござる」という福沢の言葉は心に染み付いている。生まれで尊卑が決まるような社会はあってはならない。

陛下という言葉の「陛」とは宮殿の階段のことで、「陛下」とは「階段の下」を意味する。君主に対する臣下の卑下を意味するらしいが、私はいつから天皇の臣下（家来）になったのか？　自分の夫を「主人」と呼ぶ女性が多いが、主人の英訳はmasterであり反意語は

slave（奴隷）だ。

自分をわざわざ奴隷にすることはあるまい。言葉は意識を規定するから、そういう言葉はできるだけ使わないほうがいいと思う。男は勘違いします。夫かパートナーでいいでしょう。「婚姻は、両性の合意のみに基いて成立し、夫婦が同等の権利を有することを基本として……」（憲法24条）とある。これは選択的夫婦別姓の問題とも関わってくる問題だ。

『喜びも悲しみも幾歳月』

子供の頃、父と母と3人で裾花川の土手（？）を歩いて映画を観に行った。どこの映画館へ行ったのかも思い出せないが、川べりの土手の道は遮るものとてなく広々と開け、初夏の日差しがさんさんと輝いて川面の光が反射し、微風が頬をなぜ、空は真っ青で、周囲は一面の田園風景だった。

父も母も若く、私は「早く、早く」と父と母のまわりを飛び回っていた。高峰秀子と佐田啓二主演だったが、「おいら岬の灯台守りは」という歌だけが記憶にある。題名は後で知った。

日本の女優だったら高峰秀子が好きだ。映画は『**二十四の瞳**』かな。木下恵介監督・壺井栄原作のこの映画は、戦争が庶民にもたらした数多くの苦難と悲劇を描いているが、小豆島の景色と音楽を聴いただけで目が潤んでくる。

　声高に反戦を訴える映画でなく、静かに戦争の悲惨さを語りかけてくる。最後の同級会のシーンは涙なしには観られない。カラーでなく白黒の画面がふさわしい。父は涙していただろう。

　大石先生は高峰秀子にピッタリのはまり役だ。私はどうも丸顔が好きらしい。コメディータッチだが彼女がストリッパー役を演じる『カルメン故郷に帰る』も人情味が溢れていていい。小津の映画も好きだ。題名を聞いただけで雰囲気が伝わってくるし、笠智衆・原節子もいいですね。古い映画ばかりですみません。

『カサブランカ』も大好きな映画だ。何回観ただろう？　“Here's looking at you, kid.”「君の瞳に乾杯」のセリフと最高のラストシーン。実はバーグマンも大好き。このセリフを一度使いたいと思ったが、トレンチコートもなく、ハンフリー・ボガードとは似ても似つかず、私にはキザすぎた。そもそもそんなチャンスがなかったし、「頭、大丈夫？」と言われそうなので諦めた。

リックの酒場で『ラ・マルセイエーズ』をナチの軍人の前で合唱するシーンは授業で何回か使った。『君が代』では元気が出ない。

これは1942年のアメリカ映画で私はまだ生まれてもおらず、いくら愛に年齢は関係ないといっても年齢が違い過ぎた。下宿の壁に彼女のポスターをボロボロになるまで貼っていた。「生まれた時がもう少し早かったら僕達は絶対……」と父と母を恨んだ。「お前正気か?」と言われそうだが、「妄想」の世界なので何でもありということでお許し下さい。

トーマス・マンは「最も多く愛する者は、常に敗者であり、常に悩まねばならぬ」(『トニオ・クレーガー』)と書いているが、高峰秀子とバーグマンだったら……イスラームに改宗しよう?

『男はつらいよ　寅次郎夕焼け小焼け』

つい最近BSで久しぶりに『寅次郎夕焼け小焼け』を観た。実はDVD集を買ってしまうほどのファンだ。何回観ても飽きないが、私にはシリーズの中でも大好きな作品だ。

彼がよく歌う「殺したいほど惚れてはいたが指もふれずにわかれたぜ」が寅さんのパターンだが、夕焼け小焼けは違う。

太地喜和子演ずる播州龍野の芸者「ぼたん」に寅さんが「いつか俺と所帯を持とうな」と言うのだ。これは寅さんにはありえないセリフだ。

二人の間に恋愛感情はないというのが前提になっているが、二人がケラケラ笑い合うあっけらかんとした場面が何とも言えない。他の役者達もみなはじけていて、観ているこちらも楽しくなってくる。太地喜和子の自然な演技もピッタリ。

多くの人は地位とか思想とか、学歴とか財産という「重り＝飾り」を身に着けて生きていて、（私も例外にあらず）それが自分のすべてになっている人さえいる。それをはぎ取って風に吹かれるタンポポの綿毛のように自由に生きているのが寅さんだろう。フーテンの所以だ。それは現実には難しいから人はあの映画に惹かれるのだろう。寅さんこそ帝釈天のご本尊に相応しい。

この映画の中の宇野重吉と岡田嘉子の語らいもいい。「人生に後悔ってつきものじゃないかしら、ああすりゃよかったなあという後悔と、もう一つは、どうしてあんなことをしてしまったんろうという後悔と……」。宇野重吉と岡田嘉子も「思想という重り」を身に着けた人生だった。

それをにじませた台詞故に対話に深みがあり、二人の別れのシーンは胸に迫るものがあった。タンポポの綿毛には到底なれないがどうも重りを外せず、寅さんにはなれない。私の場合は父という重りかな？　太地喜和子も思わぬ事故で逝ってしまった。そう言えば私を「寅ちゃん」と呼んでいた同僚がいた。寅さんのようになりきれたらどんなに幸せだったろうと思う。でもそうなると私のアイデンティティがなくなってしまう。

私の中には別の世界があり、それが時折顔を出す。一体どれが本当の自分なんだろう？　父と母はわかるが、寅さん風の遺伝子はどこからきたんだ？　ピザーラのトリプルミックスのような自分が時々わからなくなる。

落語家は桂枝雀が大好きだ。表情も動作も天衣無縫という感じ。勉強し努力しているなという感じがしてしまうのが残念だが、努力して勉強すれば面白い落語ができるわけではない。やはり天才なんだと思う。御存じない方には手始めに「代書屋」を薦めます。

『カティンの森』

岩波ホールでは『ゲッペルスと私』『白薔薇《バラ》の祈り』『カティンの森』『海の沈黙』等のレジスタンス映画特集・『ローザ・ルクセンブルク』『ハンナ・アーレント』等を観た。

岩波ホールの映画はよく選ばれているし、時間と体（腰痛）が許せばいつでもでかけたい。しかしコロナ禍の中で閉館が決まったようだ。再開を祈ります。

『カティンの森』はポーランドのアンジェイ・ワイダ監督の作品。1943年ドイツのソ連侵攻の際、ロシアのスモレンスクの近郊カティンの森で1万人以上のポーランド人将校の銃殺死体が発見された。

ソ連はナチスの仕業であると言い続けたが、1990年ゴルバチョフはスターリンの命令による虐殺であることを認め、ポーランドに謝罪した。

後ろ手に縛られた将校達が次々と後頭部を打ち抜かれ、穴の中に蹴り落とされブルドーザーで埋められていくシーンは衝撃的だった。まだ息をしている者もいた。

ワイダ監督の父親もその中にいたのだ。あまりのおぞましさに言葉を失った。人間はどんな残虐行為でも、虚言でも命令されれば平気で行うのだ。中国の日本軍も同様だった。

私には抵抗する自信はないが『歌集　小さな抵抗』（岩波書店）を勧めます。今までそういう立場に身を置かずに済んだことは幸せだった。これからは若い人達次第です。ロシアと中国については別項で。

『ハンナ・アーレント』（2013年11月岩波ホールで公開）はドイツ系ユダヤ人の哲学

者で政治理論家。岩波ホールの階段は開演を待つ人で一階まで行列だった。

彼女は雑誌の特派員として、数百万のユダヤ人の強制収容所への移送を指揮したアイヒマンの裁判を傍聴する（彼は1960年アルゼンチンでイスラエルのモサドにより逮捕された）。彼女は傍聴を通じて、極悪非道の怪物と思われていたアイヒマンが家族を大切にするごく普通の小心者で取るに足らない小役人に過ぎなかったことを明らかにする。彼は裁判の中で「私はドイツ公務員として『命令に従っただけだ』」と再三繰り返す。彼女はそれを「悪の陳腐さ・凡庸さ」と書いた。

収容所のユダヤ人のナチス協力の暴露とアイヒマン擁護とも思われる発言により彼女は非難され孤立するが決して屈しなかった。

彼女は「ナチスもアイヒマンも悪い奴ら」という陳腐な言葉で終わらせなかった。彼女は辞職を勧告された大学の授業で学生達にこう語りかけた。

「世界最大の悪は、平凡な人間が行う悪なのです。そんな人には動機もなく、信念も邪推も悪魔的な意図もない。（彼のような犯罪者は）人間であることを拒絶した者なのです」

さらに、自分はアイヒマンを擁護したのではなく理解を試みたのだと主張したうえで、大学の授業で生徒達に語る。

「アイヒマンは、人間の大切な質を放棄しました。思考する能力です。その結果、モラルまで判断不能となった。思考ができなくなると、平凡な人間が残虐行為に走るのです。思考の嵐がもたらすのは、善悪を区別する能力であり、美醜を見分ける力です。私が望むのは、考えることで人間が強くなることです。危機的状況にあっても、考え抜くことで破滅に至らぬように」

学生達は彼女に大きな拍手を贈ります。

立ち止まって考えるためには何が必要だろう？　歴史知識や社会的関心、社会についての問題意識……。これらがなければ人は流されて生きていくだけになる。でもこれらは必要条件にすぎない。「生活」（地位・家族・命）と「正義」の選択の前に立たされた時、人（私は）はどちらを選ぶだろうか？

臆病者の私はどうするだろう？　嘘と保身と忖度がまかり通り、国会議員すら恥も外聞もなく「私、忖度します」と発言し、聴衆は非難するどころか笑って拍手する。国会の場で平気でうそをついて首相を庇う政治家や官僚達に見せたい映画だ。

最近またテレビでおぞましい場面を見た。武田という総務大臣が、総務省の官僚に「記憶にないと言え」と命令し、官僚はその通りに答えた。官僚になりたい若者が減るわけだ。

見ている私は泣けてきた。でも官僚に同情してはならない。彼らにとっては人事（出世）がすべてだそうだが、それがすべてでない者もいることを信じたい。

アーレントはあくまで倫理的であり客観的だが、自分が殺されるかもしれない立場（ナチスの命令でアウシュビッツへの移送名簿を作成したユダヤ人達）であったらどうしただろうか？

同調圧力が異常に強く、空気に支配される（自己主張すればＫＹになる）この国はアーレントの警告以前の状態に思える。政治家や官僚達は殺されるわけではない、でも平気で嘘をつく。彼らは真実を話した前川氏をあざ笑っているような気さえする。ヒトラーもゲッペルスも戦前の日本を羨んだそうだが、日本はあの悲惨な戦争を経て変わったのだろうか？　我が国の権力者達はそのことを恥じる様子もなく、「ナチスの手口に学ばねば」とか「あの戦争は正しい戦争だった」「八紘一宇は素晴らしい」と口走り、戦争を正当化している。我が国はかってナチスと同盟を結び、ナチスの戦争とユダヤ人の虐殺とナチスの延命に一役買ったのだ。無知は恐ろしいし、恥ずべきことだ。

『白薔薇《バラ》の祈り』

この映画はナチスドイツに立ち向かった、「白バラ」の1人、21歳のドイツ人学生ゾフィー・ショルの逮捕されてから処刑されるまでの4日間の実話である。反戦ビラを撒けば、殺されると知りながら、ゾフィーは兄達と共にレジスタンス運動に身を投じる。あの戦争を賛美する人々はわが国がナチスの同盟国でナチの延命に手を貸したことをどう思っているのだろうか？　そもそも知らないとか？

尋問の場面での彼女の態度も臆せず堂々としていた。彼女はヒトラー政権がドイツが国内で行っている迫害や、占領地で行っているユダヤ人虐殺について「あなたは本当に知らないのか？　それとも知らないふりをしているのか？　目を見開いて真実を見ようとしているのか？」と問い、「私は自分が何をしたか理解しています。機会があるならばもう一度同じことをします。私は間違ったことをしていません。間違ったことをしているのは、あなた達です」と取り調べ官に向かって言う。そして裁判では判事に向かって「やがてあなた達がここに座ることになる」と断言します。ドイツでは今でも戦争犯罪の追及が行われているが、日本では自分達の手で戦争責任や戦争犯罪の追及は行われていない。判事全員の賛成で彼女はギロチンで処刑される。彼女達の話は知っていたが、ギロチンで処刑されたとは知らなかった。臆病者の私は取り調べの段階で転んでしまいそうです。

日本でも戦争中同じシーンがあった。治安維持法が猛威を振るい裁判などなしで少なからぬ共産党員が獄中で拷問の末殺された。ナチの運動もユダヤ人へのヘイトスピーチから始まった。ヘイトスピーチや反日などというレッテル貼りはナチのやり口そのものだ。ナチスの歴史も、戦前の日本の歴史もしっかり学ぶ必要がある。

これらの映画は、ともすれば現実に流されがちな自分を「ちょっと待てよ！」と励まし、勇気と感動を与えてくれる。「映画って本当に素晴らしいですね！」はどこかで聞いた言葉だが、本当にそうだ。

何か重たい映画ばかり見ていたような書き方だがそんなことはない。『スター・ウォーズ』は全部観たし、『ホビット』３部作や『ロード・オブ・ザ・リング』を見逃すわけはない、ハリソン・フォードの『インディ・ジョーンズ』シリーズも大好きだ。勿論『サウンド・オブ・ミュージック』をはじめとするミュージカルもオペラも大好きだ。


『トランボ　ハリウッドに最も嫌われた男』

トランボ（１９０５〜１９７６）はアメリカの脚本家、映画監督、小説家で共産党員。

1940年代の赤狩りに反対したハリウッドテンの一人。『ローマの休日』や『スパルタカス』『パピヨン』などの原作者だ。

1950年前後のアメリカでは共産党員は勿論、リベラル派の文化人に対しヒステリックな〝赤狩り〟が行われた。トランボは議会の非米活動委員会（日本風に言えば反日活動取り締まり委員会）で「あなたは共産党員か？」と問い詰められる。

トランボは共産党員であったが、憲法の「思想の自由」と「表現の自由」を盾に証言を拒み、議会侮辱罪でハリウッドを追放され投獄された。チャップリンも『モダン・タイムス』や『殺人狂時代』などが批判され、共産主義的傾向があるとしてアメリカへの入国を拒否された。

トランボはこれ以降の作品はすべて偽名で発表せざるを得ず、『ローマの休日』は友人の名を借りて発表した。逆境に立たされながらも、偽名で2度のアカデミー賞に輝いた。彼は貧困と逆境にあっても屈せず信念を貫き通した。

恥ずかしながら『スパルタカス』『パピヨン』（マックイーン主演で大好きな映画だ）『ローマの休日』『ジョニーは戦場に行った』等の映画はすべて観たが、トランボの作品であることを知らず、その背景も知らなかった。1959年にはそれらの作品の作者であることを公表し、1993年、『ローマの休日』でマクレラン・ハンターが受賞していたアカデミー賞が、改めてトランボに贈られた。2016年に上映された『トランボ　ハリウッドに最も嫌われた男』は感動的だ。

32. 面白かった本達

以下に紹介する本は共感した本、魅了された本達だ。ジャンルは様々だが、マジョリティの常識を覆す本が好きだ。いずれも数十年前に読んだ本で、忘れかけているし、全くの素人読み。

私は専門の研究者でもないし、前述の如く大学教育もまともに受けていない人間だ。哲学や思想は興味があるので、その関係の本が多い。でも「本は最終的に読んだ人間の本になる」、どうしようもないので、いくら違うと言われても……。年齢と共に本の好みも評価も変わったが、私なりに面白いと思い、考えさせられた本なので紹介したい。理解力もないし、読み返す時間もないので、おぼろげな記憶に寄りかかって書きます。出版社は私の読んだ本で私の蔵書です。

『フランスの起床ラッパ　アラゴン詩集』新日本文庫

薔薇《バラ》と木犀草《もくせいそう》抄

1. 神を信じた者も
信じなかった者も
ドイツ兵に囚われた　あの
美しきものをともに讃えた
その血は流れ　流れ交わる
ともに愛した大地のうえに

2. 苺よ　すももよ
蟋蟀《こおろぎ》もなお歌いつづけよ
語れフルートよチェロよ
雲雀と燕《つばめ》とを
薔薇と木犀草とを
ともに燃えたたせたあの愛を

この詩はドイツ兵に銃殺された共産党員とキリスト者に捧げられた詩だ。中学生の私でも感動した。アラゴンはナチスに抵抗したフランスの詩人でフランス共産党員。赤いバラは共産党の、白い木犀草はカトリックのシンボルだった。中学の図書室に写真が沢山入った歴史の本があり、よく読んでいたので歴史は詳しかった。

ドイツ占領下のフランスにおいて、神を信じない共産党員とキリスト者との共同闘争はレジスタンス（対ドイツ抵抗運動）においては日常的だった。「お前は神を信じていないから手を結べない」では戦いにならない。仏共産党は犠牲者の党と呼ばれ、ナチスとの戦いで多くの死者を出したが、対独レジスタンスの中心だった。

彼の詩は共産党とマルクス主義に対するオプティミズム（楽観主義）に溢れている。確か「共産主義は世界の青春である」という文言もあった。後にチェコの共産党員フーチクの「絞首台からのレポート」を読んだが、彼はナチスの拷問に屈せず死を選んだ。彼らの共産主義的未来に対する期待は裏切られるが、人の生き方という点では感動的な本だ。ナチスや日本の侵略と戦う共産党員の姿は感動的だが、権力を握った共産党はおぞましい。いずれも権力を監視するシステムがないのだ。

仏共産党は大戦後、国民議会第一党になったが、ソ連追従政策をとり続け、レジスタンスの遺産をすべて食い尽くし、スターリン批判や、ハンガリー事件・ソ連崩壊等と共に徐々に影響力を失い、現在は小政党に転落しているようだ。
政党の選挙協力がニュースになるが、政策協定が一致しないと言うならともかく「お前の信じていること（思想）が気に入らないから手を結べない」は理不尽だろう。そもそも何を信じようとそれは本人の自由だし、相手が無神論者であろうが、キリスト教徒であろうが、共産主義者であろうが、政治の世界では政策が一致することが第一だ。ナチスの時代を考えても、反ヒトラー・ナチス打倒こそが第一の目的だった。そういう物言いは差別につながるだろうし、目的の達成を困難にするだろう。

『水滸伝』中国古典文学大系　水滸伝　上中下
『水滸伝』は面白い、金銭欲、物欲、色欲、権力欲等、飽くなき復讐 etc. 人の欲望の世界がこれでもかこれでもかというくらいに描かれ、挙句の果ては人肉饅頭まで登場する。『三国志』や『西遊記』とは違い、当時の庶民の生活意識や感情がリアルに描かれている。
舞台は12世紀北宋の徽宗の時代、汚職官吏や不正がはびこる世の中。様々な事情で権力の犠牲になった好漢（英雄）百八人が、迫害されて梁山泊と呼ばれる自然の要塞に集結。

彼らはやがて悪徳官吏と戦うことになる。水滸伝は必ずしも史実ではないが、宋江の反乱はあったらしい。

物語は自分で楽しんでもらうとして……実は『水滸伝』の中でずっと気になっていた箇所がある。宋江は地方の役人であったが、義兄弟である晁蓋（梁山泊の2代目首領）の「犯罪」（地方の役人が都の大臣に送った賄賂を奪った）を助け、捕縛されてしまう。彼は広州（香港の北）に流されるが、護送役人や流刑地までの各地の役人に「付け届け」（訳文ママ　平凡社『水滸伝』上巻　第37回）を忘れず、役人達も手心を加える。それが宋江の人徳であり、付け届けをしない人間はクズ扱いされている。カネがない奴はどうするんだ？

とにかく『水滸伝』の中では「付け届け」は当たり前のこと。世話になったら、あるいはなろうと思うなら「付け届け」をするのは当然のことなのだ（原文は「付け届け」と訳しているが、見返りを伴う役人への金品の贈与だから賄賂そのもの）。

２００９年8月4日ドイツ紙・南ドイツ新聞は「儒教の遺産」と題した記事で、中国では賄賂を贈らないとビジネスが成り立たない状況にあり、こうした習慣には儒教が影響していると紹介した。……論語の中には「父親が羊を盗んだとしても、肉親の情から息子はこれを告発すべきでない」との教えがあり、こうした教えが腐敗が蔓延する遠因になっていると指摘する。

韓国も名だたる儒教国家で歴代大統領は退任後告発されているが、その理由は権力を利用した身内や取り巻きの優遇。清朝（漢族ではなく満州族の国家）時代の朝鮮は「我が国こそ正統の儒教国家だ」と称していた。

戦前中国で長く暮らした人物と話したことがある。「中国服は袖が膨らんでいるが、理由は賄賂をいれるためだ」と言われた。「とんでもない話だ」と言ったら水滸伝の理屈がそのまま返ってきた。世話になったら、あるいはなろうと思うなら付け届けをするのは当たり前なのだ。

孔子は前6世紀に生まれたが、数千年にわたって積み重ねられた文化は理屈の問題ではない。日本人のビジネスマン達も「中国との取引は賄賂なしには成立しない」というコメントをしていた。そういう彼らもお歳暮・お中元・接待は日常茶飯事。政治家や官僚接待も同様。論語は読んでいないかもしれないが、彼らも儒教を実践している。

習近平の反腐敗運動の背景は権力闘争の手段だという指摘もあるが、何であろうが贈収賄根絶は可能だろうか？

財物や金品の接受は長い慣習（文化）なのだ。モースというフランスの社会学者は「われわれの社会は互酬性（受けた贈り物などに対して、義務として非等価の贈与を行うこと）の上に築かれている」と指摘している。

人々は神社や仏閣でお賽銭を投げ入れ、同時にお願いをする。神や仏は見返りをくれるかどうか知らないが、あれも神様・仏様への「贈与」だろう。贈与の問題は宗教まで絡んでくる。

バブルの時、札束を賽銭箱に投げ入れる人々がいた。当然大きな「見返り」を期待してのことだろう。賄賂というとよくないという響きがあるが人々の意識は多分そうではない。儒教は人の関係性の教えであり、金品の授受は人間相互（神様・仏様も）の関係性を維持する重要な手段なのだ。立派な教会や神社仏閣を立ててお願いする神様・仏様と人間の関係も同様だろう。

何千年にわたって人々の心を支配してきた習慣を変えるというのは至難のことだ。現在の中国では賄賂は重罪になるが、中々減らないようだ。

日本も贈収賄の話は尽きることがない——田中角栄・金丸信……甘利前大臣・IR汚職・関電収賄事件・河井克行元法務大臣と妻の案里氏の選挙汚職疑惑・農水大臣の鶏卵業界からの収賄。総務省の官僚接待・安倍元首相の「桜を見る会」等枚挙にいとまもない。

「浜《はま》の真砂《まさご》は尽きるとも世に盗人の種《たね》は尽きまじ」は石川五右衛門の辞世だが、「世に贈収賄の種は尽きまじ」と置き換えてもいい。

彼らは「職務上の事柄で依頼を受けたことはない」と言い張る。依頼などあろうがなかろうが関係ない。そんなことは問題ではないのだ。数万円の接待を何度も受けていれば、恩義を感じることは当然だろう。恩義を受けたにもかかわらず、それを返さない者は「恩知らず」ということになるし、政治家は次の選挙が危うくなるだろう。

何回も接待すれば必ず見返りがあることを接待する側は承知している。わざわざ危険を冒して仕事の話などする必要はない。ここぞという時に匂わせればいいのだ。阿吽《あうん》の呼吸・「わかっておろうな」の世界だ。だから許認可権・その他を持つ公務員が接待を受けることは法律で禁止されている。

国家公務員倫理法（2000年施行）は第3条の倫理規定で次のように定めている。

六　利害関係者から供応接待を受けること。

七　利害関係者と共に遊技又はゴルフをすること　　を禁じている

安倍・菅政権下では接待の話は引きも切らずだった。「飲み会を断らない」で有名になった菅内閣広報官の山田真貴子氏は東北新社（菅総理の息子が勤務）から数回にわたって供応を受け、内容は、和牛ステーキ、海鮮料理などであると明らかになった。当該会食の費用は、山田氏と総務省幹部ら4人、計5人で37万1013円であった（一人当たりにすると7万4000円。7万円の食事など一度でいいから食べてみたいと密かに思う私であった）。この人物は官であろうが民であろうが自分を引き上げてくれる可能性のある人物達との交際を全面的に活用したのだろう。それが上記の発言につながったのだと思う。酒と料理等の接待で関係が出来上がっていく。

戦前、天皇は父、臣民は子であり日本は天皇を中心とする一大家族国家だとされていた。ヤクザの世界ではお互いに「親分・子分」「オジキ」「兄貴」、「舎弟」と家族呼称で呼ぶらしいが、両者の類似性はいうまでもない。

戦前の天皇制国家も、現在のヤクザの世界も政治家の世界も同じパターン。戦前は名実共に家父長的社会（父親が権力を握る）だから、子は父のいうことを無条件に聞かねばならないし、女性は父親の許しがなけれ法律上の結婚も許されなかった。

これらのことでは理非曲直（善と悪・正と不正）よりも大切なのは「人間関係」だ。子分の方も自分の利害のために敢えてそういう関係を作り、自分と権力者の関係を誇示し、利用する。

こういう関係の問題点は指摘するまでもないだろう。安倍政権下であれだけ噴出した疑惑に、自民党内から批判が出なかったということは親分への忖度だろう。派閥は家族であるから、派閥の長つまり親には逆らえない。公的関係に私情を絡ませる手口で垢抜けないことこの上ない。

義理人情と恩義と出世、この国では中々正論は通らない。テレビに映っていても、大臣から命令されたら官僚は平気で嘘をつく。森友問題の文書改竄問題で証人として国会に呼ばれた佐川氏（赤木氏の上司）は答弁拒否を繰り返し、文書改竄を命令された赤木氏は死をもって抗議するしかなかった。赤木さんの妻雅子さんの訴訟も国側の「認諾」で結審となり、経緯の追及は不可能になった。

中国人にはモラルがないと声高に叫ぶ者もいるが、日本も立派な儒教社会（賄賂社会）だ。「お代官様、つまらぬものですが、どうかお納め下さい」「クッ、クッ、クッ……越後屋、お主も悪よのお……」何回も見た時代劇の定番セリフ。悪代官と賄賂なしには時代劇（水戸黄門）は成り立たないと言ってもいいくらいだ。菓子折りの底は小判というのも定番。

首相が何回も嘘をつき、元法務大臣が法律違反の買収を行い、しかも金の出所は不明。「誰が支出を命令したのか？」責任者は皆頬かぶり、皆わかっているのに口に出さない（出せない？）、検察も追及しない。税金を使って大金がばらまかれた？　この裁判はどうなったのか？　そして何があろうと選挙では彼らが多数を確保する。これは有権者の問題だろう。それぞれの業界団体が権力と結びつき、抜け穴だらけの法律（政治資金規正法）の網の目をくぐって政治献金という名の賄賂を貢ぐ。政治家は大義名分を作って、貢いでくれた団体のために働く。お世話になったら恩返し。持ちつ持たれつだ。政治資金パーティーなるものも、形を変えた賄賂だろう。

政党交付金なるものも理不尽だ。いやしくも政党を名乗るなら資金は自分で賄うべき、そもそも私や皆さんの税金が交付金という名前で支持しない政党に大量に流れ込んでいる仕組み自体が問題だ。私もあなたも支持しない政党に資金を供給しなければならない理由はない（総額は３１５億円で、最多の自民党は約１６０億円（２０２２年））。それは我々の思想信条の自由の侵害にもつながる。カネが必要なら自分で集めるべきだ。

企業献金（団体献金）は政財癒着につながるし、企業による団体献金は「見返りを求めれば賄賂であり、見返りを求めなければ背任行為（会社に損害を与える行為）」になる。

会社の金で接待したら見返りを期待するのは当たり前だ。カネを出した（接待・寄付）にもかかわらず、見返りを得られなかったら会社への背任行為になる。出したければ個人で寄付するのが道理だ。企業では働いている人々が、全員特定政党の支持者などということはあり得ないから企業献金は構成員（社員や組合員、消費者など）の思想信条の自由・政党支持の自由を侵害することにもなる。こんな当たり前の理屈がなぜかこの国では通用しない。そんな金があるなら従業員の賃金をあげろ！　と言いたくなる。

『憲法』芦部信喜著　岩波書店

憲法記念日の街頭インタビュー「憲法って何ですか？」に対する答え「えーよくわかんない」「国の理想だと思う」「わかんないけど私に関係ない」etc.

残念ながら国民の多くが憲法の意味を理解しているとは思えない。それどころか政治家さえも……。政治家には憲法の学習を義務付けるべきだ。私は法学部出身ではないので、憲法については芦部氏の本で学んだ。

「思想及び良心の自由はこれを犯してはならない」19条・「検閲はこれをしてはならない」21条・「学問の自由はこれを保障する」23条・「公務員による拷問及び残虐な刑罰は、絶対にこれを禁ずる」36条等々の権利についての憲法の条文は命令だ。

誰の誰に対する命令なのか？

以下は高校の政治経済と世界史の教科書の要約だ。

憲法の原型とされているマグナ・カルタは、１２１５年イギリス王ジョンに対し、貴族と都市が王権の制限・都市の自由などを認めさせた文書で「王といえども神と法の下にある」という言葉も有名だ。

憲法は権力から国民を守るための楯であり、権力の恣意的（勝手な）支配は認めないという国民と国家との契約なのだ。論より証拠、99条の「憲法尊重擁護義務」の文言には「天皇・大臣や国会議員・裁判官その他の公務員は、この憲法を尊重し擁護する義務を負ふ」とあり、この中に国民は含まれていない。

王や権力者の恣意的な政治を「人の支配」、憲法に基づく政治を「法の支配」といい、立憲主義ともいう。「立憲主義」とは憲法に立脚して政治を行うこと。権力を行使するのは国家だから、立憲主義とは、人権を守るために国家権力を憲法で縛るシステムのことだ。

失礼だが法学部出身のはずの安倍首相はこのことすら知らなかったと思われる。

権力が如何に恣意的で暴力的で残忍で嘘つきであるかは歴史や現実（プーチン）を見れ

ば一目瞭然だし、戦前の日本では言論弾圧も警察の拷問も日常茶飯事だった。小林多喜二という作家は特高警察の凄まじい拷問で殺されている。ミャンマーやロシアや中国の現状は知っての通りだが、お隣の韓国でも1980年に光州事件という軍による民衆の虐殺事件が起こった。私はアナキストではないので権力なしに世は治まらないと思っているが、権力に勝手なことをやられては困る。権力とは信頼すべきものではなく警戒すべきものだ。赤木ファイルを巡る裁判も入管法改正問題も権力を考える材料になる。権力を信頼しているという方々は是非注視してほしい（佐川氏は呼ばないとはどういうことなのか？　彼を呼ばずに解明などできるわけがない）。

上の図は国民と権力と憲法の関係を私なりに表現してみたもの。巨大な力（警察と軍隊）を持った凶暴なキングコングは国民を踏みつぶせる。コングを縛り付けている鎖が憲法だ。鎖（憲法）がなければキングコングはやりたい放題になる。「憲法を変える」などと権力者が言い始めたら

要注意だ！

民主主義は読んで字の通り多数決を意味する。「多数決がすべて」と声高に叫ぶ政治家や評論家がいるが、多数決でも侵害できないのが「犯すことのできない永久の権利である人権だ」。たとえ自分が心から信頼し、支持している政党でも権力を握ったら豹変する可能性があるということは心に留めておいたほうがいい。

「権利の保障が確保されず、権力の分立が定められていないすべての社会は、憲法を持たない」（フランス人権宣言　1789年）。

『ブッダのことば』スッタニパータ　岩波文庫　中村元訳

読了後、お釈迦様の仰る通りと思ったが、私は悟りたくはないし悟れるとも思わない。スッタニパータはニヒリズムの極致と思われる文言が続くが、辛いことや、うまくいかない時に読むと、諦め（悟る＝諦める＝明きらめる＝真実を明らかにする）がついて逆に大いに励まされる本だ。

人が皆私と同じように感じるとは限らないが、私にとっては座右の書。すべてのことは「大したことではない」あるいは「些末でどうでもいいことだ」と思わせてくれる本だ（これをニヒリズムという)。

岩波文庫ですぐ読める。何回も読んでいると「悟り」が開けてくる気がする。人生にはトラブルがつきものだが、憎悪に身を焦がし、暴力を振るう前に、絶望に陥る前に一読をお勧めする。訳者の中村元氏（故人）はインド哲学や仏教学を中心とする東洋思想研究の世界的権威だ。

倫理というより、思想史を何年か教えたことがある。持ち時間と単位数の関係で社会科の科目は地理を除いてすべて授業をした。言わば便利屋さんということだが、一度このループ（輪）にはまってしまうと抜け出すことは難しい。「去年やったから来年も頼むよ」のパターン。「絶対いや」というとかなり人間関係がこじれる。私は人がいいのでつい「いいですよ」と言ってしまって後悔してきた。

「いつも専門科目だけを教えています」という教員がうらやましかった。授業で新しい科目を教えるのと、趣味で哲学や宗教の本を読むのとは違う。だから普通の教員は嫌がる。おかげで歴史から宗教・哲学・政治経済まで随分勉強させてもらった。当時は社会科としての採用だったから、現在の地歴や公民もすべてお仕事の範囲だった。

宗教や哲学は好きだったが、何教科も予習するのは正直辛かった。和洋中のすべての料理を提供する定食屋みたいなものだ。生徒にとってはそんな裏事情は関係ないので平気で厄介な質問をしてくる。勿論授業中ではない。

教科書は釈迦族の王子であったゴータマは人生の苦（生老病死）を実感し、その克服のために王位も妻も子も捨てて出家したという話になっている。「生きることがなぜ苦なの？楽しいじゃない」という方はその内に苦（うまくいかないこと）を体験できますからご心配なく。

授業終了後、ある生徒が「先生、妻や子を捨てるような人物がなぜ偉い人なの？」と質問してきた。私は釈迦に義理立てする立場ではないので彼女に「いい質問だ、私もそう思う」と答えた。生徒は私の答えにびっくりしたようだった。専門の教員は何と答えるのだろうか？「彼には妻や子よりも大切なことがあったんだよ」と答えれば無難に「お釈迦様は偉いですね」でごまかせるが、嘘くさい。大体、私自身が納得できない。例によって「実は彼には他に愛人がいた」と喉まで出かかったが、エビデンスがないのでやめにした。

さらに当時私の使った教科書は釈迦の思想を説明した後、何の脈絡もないまま突然「慈悲」という言葉が現れ、慈悲こそ仏教の本質であるというような説明がされていた。

女房・子供を平気で捨てる輩が慈悲を説く？「おかしいよ」と思ったし、巷の常識は疑ってかかるのが私の習性だから、釈迦の思想がどうして慈悲や衆生救済と結びつくのか？疑問は次から次だったので少し勉強してみた。

解説本は解釈者の思い込みが入るので、釈迦の言葉に最も近いとされているスッタニパータを読んだ。スッタニパータ（Sutta Nipāta）のスッタ（Sutta）とはパーリ語（釈迦の時代の言葉）で経、ニパータ（Nipāta）とは集まりの意で、合わせて『経集』の意味。

中村元氏によると仏教の多数の経典のうちでも、最も古いものであり、歴史上の人物としてのゴータマ・ブッダの言葉に最も近い詩句を集成した経典といわれている。読まれたことのない人に一部を紹介する。

35　あらゆる生きものに対して暴力を加えることなく、あらゆる生きもののいずれをも悩ますことなく、また子を欲するなかれ。況《いわん》や朋友《ほうゆう》をや。犀《さい》の角のようにただ独り歩め。

36　交わりをしたならば愛情が生じる。愛情にしたがって苦しみが起こる。愛情から禍《わざわ》いの生じることを観察して、犀の角のようにただ独り歩め。

38　子や妻に対する愛着は、確かに枝の広く茂った竹が互いに相絡むようなものである。

筍《たけのこ》が他のものにまつわりつくことのないように、犀の角のようにただ独り歩め。
41 仲間の中におれば、遊戯と歓楽とがある。また子らに対する情愛は甚だ大である。
愛しき者と別れることを厭いながらも、犀の角のようにただ独り歩め。
50 実に欲望は色とりどりで甘美であり、心に楽しく、種々のかたちで心を攪乱する。
欲望の対象にはこの患いのあることを見て、犀の角のようにただ独り歩め。
60 妻子も、父母も、財産も穀物も、親類やそのほかあらゆる欲望までも、すべて捨て
て、犀の角のようにただ独り歩め。
67 以前に経験した楽しみと苦しみを擲《なげう》ち、また快さと憂いとを擲《なげう》って、清らかな平静
と安らいとを得て、犀の角のようにただ独り歩め。
1119 つねによく気をつけ、自我に固執する見解をうち破って、世界を空なりと観ぜよ。
そうすれば死を乗り超えることができるであろう。このように世界を観ずる人を〈死
の王〉は見ることがない。

「空《くう》」という言葉が出てくるが、難しく考えることはない。難かしそうなセリフだが要するに世界に実体はない、言葉が難しいが、すべては移ろい・永遠なものなどないというこ

と。実体とは哲学用語で「真に存在する者」を指す。

シェークスピアのせりふにも「この世は舞台、人はみな役者だ　役が終われば消えてゆく」というのがあった。どんなに美しい人であろうが、数億円の美術品であろうが、素晴らしい景観（自然）であろうがいずれは消えていく。それを何物にも代え難いと思っている本人も消えてゆく。釈迦は宇宙の話はしていないが、天文学の知見では地球や太陽や宇宙にも寿命があるそうだ。これを無常という。

さてスッタニパータの感想はどうですか？

宇宙の話はさておいて、スッタニパータのテーマは「捨」だ。生老病死は確かに苦（思い通りにならないこと）である。その苦を克服するにはどうしたらいいか？　彼は煩悩（執着・欲望）を捨てなさいと説く。

そのためにどうするか？　静かに瞑想し、諸行無常（すべては移ろう）・諸法無我（永遠に続くものなどない）を悟ること。悟れば涅槃寂静（平安な悟りの世界）の世界が訪れる。身近な例で言えば、美男美女もいずれは爺婆になり、最後はゴミになるということを悟れということだろう。私は無理だと思いますが……。

争いは心を乱し、生き物を殺せば平穏ではいられない、肉を食らい酒を飲めば心は情欲に走る。奢侈に走れば執着が生まれる（あれも欲しい・これも欲しい）。人の欲望は果てしがない。糞雑衣《ふんぞうえ》（ボロ布をつなぎ合わせた衣）を着、粗食にあまんじ、争わず、常に心を平静に保て、というのが釈迦の教えだ。

手段（肉を食うな・争うな・殺すな等）を目的と勘違いしている人がいるようだが、生き物を殺せば心は乱れる、だから殺すなということ。争えばやはり心が乱れる。おしゃれをすればもっといい服が欲しくなる。欲望が昂進すれば悟りはどんどん遠くなる。

金持ちや有名女優の衣装棚や下足入れは溢れかえっているようだ、買えば買うほど欲望は燃え上がり、欲は欲を生み欲望は悟りを遠ざける。あれもこれも欲しくなる。コロナ禍で毎日Tシャツと半ズボンで過ごしていると、これで十分と感じるようになる。でも「お釈迦様！　今年は寒いのでエアコンと羽毛布団だけは許して下さい！」はダメ！

彼は生まれつき厭世観が強かったのだろう。捨てるべきものは友人・女性・妻・子供・財産・カネ・地位・その他　およそそのために人間が生きていると言っていいものすべてである。だから彼は妻子も王位も捨てた。有言実行だ。

井原西鶴は「**人とは欲に手足の付きたるものぞかし**」という名言を残しているが、人から欲を取り除くと何が残るのか？「悟りを開いた人」を見たことはないが、これらをすべて断ち切ったら確かに苦はなくなるだろう。金を欲しいとも思わず、異性にも同性にも執着しない、生に対する執着がなくなれば死を恐れることもない、欲をすべて捨てたら生きる意味そのものを捨てると言っていいだろう。それでどうする？　すべてに意味がないという思想をニヒリズム（虚無主義）という。釈迦の教えはニヒリズムの匂いがする。

私は根っからの楽天主義者で歩く煩悩だ。人間にも世の中にも尽きせぬ興味があるし、うまいものが好きだし、お金も欲しい、女性も好きなので私には無理。悟りたい人に「やめろ」というつもりはないが、私は悟りたいとは思わない。悪いけど「何のために悟るの？」が私のスタンスです。苦もまた人生の色どりだ。いい例えが思いつかないが、苦のない人生などビールのない夏と同じだ。

異性に恋した時、「この異性もいずれは皺くちゃ爺や婆（失礼）になり、最後はチリになるのだからつまらぬ執着は捨てなさい。すべては滅び消え去ってゆくのだ」「この世には所詮意味などない」と言われて納得する人はあまりいないだろう。納得する必要はないが、恋も失恋も人生の色どりだ。これらのほろ苦さもいい。しかし、この本は私にとって一服の清涼剤だ。

それがどんなに儚《はかな》くとも、人間は異性や家族や地位や財産に執着し、そのために喜び・悲しみ・苦しむのだ。そして瞬間であろうと喜びや悲しみに震えるのだ。いや瞬間だと知っているからこそかもしれない。

オペラの題材はほとんど男と女の物語だ（観たことはないが、男と男・女と女もあるかも？）。嘘だと思ったら『アイーダ』でも『フィガロの結婚』でも『カルメン』でも『椿姫』でも観てみるといい。小説でも同じだ。人間にとって最も面白いのはオトコとオンナの話なのだ。しかも、もつれればもつれるほど面白い。「世の中に絶えて桜のなかりせば春の心はのどけからまし」などという歌もあるが、のどかさだけでは退屈してしまうだろう。恋は何回してもいい。私のように片思いの妄想の世界でも恋は喜びや生き甲斐を与えた。恋のない映画や文学は面白くも何ともない。私は失恋の専門家だが、時がたてば失恋もまた人生の色どりになる。

〈悟りから救済へ〉

私達が「釈迦の仏教」と言っているものは、釈迦の死後五百年後に生まれた大乗仏教であり、それ以前の仏教を小乗仏教という。

大乗・小乗の「乗」とは乗り物のことで、涅槃（悟りの境地）に至る手段としてどのような方法をとるかという点が違う。

「大乗（マハーヤーナ）」とは「大きな乗り物」の意味で、ブッダの教えに従って出家し悟りをひらくことは自分一人のためではなく、広く人々を救済するためのものであるという考え方。

自分ひとりの悟りのためではなく、多くの人々を理想世界である彼岸に運ぶ大きなすぐれた乗物という意味で自分達を大乗仏教と呼んだ。

大乗派はそれ以前の釈迦の言行の伝承を中心とした保守派をいわゆる小乗仏教（小さな乗り物）とバカにした（?・）。要するに「あんた達自分のことしか考えていないでしょ」という批判。小乗仏教がセイロン（現スリンカ）、ビルマ（現ミャンマー）、タイなど南方に伝播したのに対し，大乗仏教はチベット・中国・日本など北方へ伝わり今日にいたっている。

したがって、菩薩（悟り求める修行者）の徳である憐れみこそ、古来の仏教が説く徳と同じものであるとする。このような菩薩思想は人々に受け入れられやすい。その教えは中国と日本で信仰される浄土教にも伝わっている。キリスト教は、パウロ教とも言われるが、両者の構造は似ている。（「イエスを信じれば救われる」＝「菩薩にすがれば救われる」）

今日に伝わるそのほかの大乗派としては、禅宗、日蓮宗、天台宗などがある。私も含めて多くの人々の最大の関心は「どうしたら現世利益が得られるか、どうしたらあの世でも幸せになれるか？」だから煩瑣《はんさ》な論争はどうでもいい。つまり大乗の方がウケがいい。

彼らは従来の仏教を「利己的」（自分だけ悟ればよい）と批判し、小乗「（少数しか救われない）」とさげすんだのである。釈迦の仏教はインテリ臭く難解なので、誰にでもわかりやすくということだろう。仏や菩薩は量産され、「慈悲にあふれる菩薩（仏の手前の修行者）や仏様にすがれば救って下さる」は実にわかりやすい。人の苦は様々だから仏の数も、菩薩の数も増やして分業体制にした。

面倒な修行は必要ない。お金も恋も出世も健康も受験も望むまま（にはならないが）、信心さえすれば健康やお金でも来世の救いでも手に入るということにした。修業も瞑想も関係ない。

日本の仏教寺院には長命寺・富貴寺・万願寺など執着を鼓舞するような名前が多い。さらにこの大乗の教えは中央アジア・中国・朝鮮を経てそれぞれの土着の文化と混交されて日本に輸入される。私達が仏教そのものと思っている墓・仏壇・先祖崇拝・戒名等は儒教のもので、檀家とか菩提寺、お盆もまた本来の仏教とは無縁である。まだ読んでないが、江戸時代に書かれた富永仲基の『大乗非仏論』（釈迦の教えは大乗仏教とは違う）はいまだ論破されていないそうだ。

昔、ＮＨＫでインドの仏教徒の特集を放映していた。インドの仏教徒は人口の１％に満たないそうだが、墓はないし、先祖崇拝もない。僧侶はいるが葬儀の時は遺体に尻を向け、遺族に向かって「生きとし生けるものは死す、すべては移ろい滅び、永遠のものなどない。故に悲しむことはない。執着するな」という世の無常を説いていた。遺体は火葬され、ガンジス川に流される。釈迦は生きている人のために教えを説いたのだ。つまり釈迦の教えに忠実だ。

なるほどと思った。日本でこのパターンはできないだろう。棺桶に尻を向けて経を読んだらまずいし、大体冬にぼろを着て、樹下で瞑想していたら悟る前に凍えて死んでしまう。宗教は人間が作ったものだから風土と結びついている。日本人の多くは経の意味を知ろうともしないし、坊さんもその意味を語らない「葬式仏教」と呼ばれる所以だろう。

昔読んだ『森林の思考・砂漠の思考』は面白かった。砂漠で迷うことは死を意味する。故に正しい道は一つ、必然的に砂漠で生まれた宗教は一神教・森林には生きるためにいくつかの道がある、故に多神教が生まれるとあった。ユダヤ教もキリスト教もイスラームも同一の唯一神を信じる砂漠の宗教だ。つまり一神教。インドや東アジアの宗教はなべて多神教だ。つまり道は幾つもある。築百年になる私の実家には仏壇も備え付けの神棚もある。すべては移ろい滅びてゆくのだから「永遠の真理」などという言葉自体が釈迦の教えとは違う。釈迦の教えには天国も地獄もない。「死後どうなるか？」という問いに対し釈迦は「わかるわけがない」と答えている。釈迦の教えは宗教だろうか？　私には「苦」無き生き方のための方法論のように思える。スポーツクラブならぬスピリチュアルクラブ。私は釈迦の弟子になりたいとは思わないが、おおいに共感する。だから座右の書だ。

私はろくに墓参りもしないが、父母のことを思わぬ日はない、そして私が死ねばその記憶さえ消えてなくなるが、「それでいいじゃないか」ぐらいの「悟り」は開いている。釈迦の教えと大乗仏教を無理に結びつける必要はないし、父や母やパートナーを弔うならば、形式にこだわる必要はない。別にこだわってもいいが、自分の納得できる形でいい。私は軟弱で面倒なので敢えて世間に逆らうような真似はしないが、世の「常識」に囚われる必要はない。自分が納得する方法でいいのだ。どうでもいいことに囚われている自分が嫌になったら、『仏陀の言葉』を勧めます。

『ルバイヤート』オマル・ハイヤーム　小川亮作訳　岩波文庫

中東は主にトルコ語を話す人々、アラビア語を話す人々、ペルシャ語を話すペルシャ人、クルド語を話すクルド人等から成っている。イランの民族はペルシャ人で公用語はペルシャ語。地図で場所を確認し、少し歴史を振り返ってみると理解が深まる。

イラン南部ファールス州の荒れ地に、紀元前6世紀にダレイオス一世が建造させたアケメネス朝ペルシアの都ペルセポリスがあった。今は廃墟だが、切り石を積み上げた東西約300m、南北約450mの大基壇の上に、歴代王の宮殿跡など壮大な建築群が残されている。壁面には各地からの朝貢の使者達のレリーフが残り、玉座の間の大広間は高さ約20mの柱が36本あり（マンションの階高は通常3mだそうだから6〜7階建ての、マンションに相当？）現在は失われている天井を支えていた。

この大宮殿はアレクサンドロス大王により焼かれ、現在は廃墟だが、世界遺産に登録されており、発掘は現在も続けられている。ちなみに同時代のアラブ人は砂漠で遊牧生活。日本人も毛皮を腰に巻いて山谷を飛び回っていただろう。アメリカもヨーロッパ諸国も存在しない時代だ（文化は主に精神的な分野をさし、文明は美術や建築など物質的なものを指すそうだ）。

このペルシアは7世紀にアラブ人に征服され、イスラム化が進んだ。ペルシャ帝国は周辺の国々が未開の時代に最先端を走っていたのだ。アレクサンドロス大王の征服によりペルシャ文化も失われたが、ペルシャの文化（ゾロアスター教）は残り、ユダヤ教やキリスト教や、イスラームに影響を与える。天地創造や最後の審判も、天国も、地獄も、洗礼の儀式も、すべてゾロアスター教起源だ。実はイランと似ている国がアジアにもある。言わずもがなだが中国である。ペルシャ（現イラン）は数千年の歴史を持つ誇り高き国なのだ。

そして古い文明や文化が国家間や民族間でのマウント（俺の方が上なんだぞ）とナショナリズムの核となる。日本にペルセポリスはないから、紀元2600年だの（神武天皇即位から数えて）世界に例をみない「万世一系の皇統」の国という話を捏造した。とにかく「俺達は偉い、歴史がある、お前達とは違う、だから俺達を認めろ！」なのだ。これをベースに『ルバイヤート』を読んでみよう。

初めてこの詩集を読んだ時は「なんだこれは？　嘘だろう」と思った。作者は迫害されたようだが、よく生きていられたものだ。その一部を紹介しよう。「刹那主義」と「享楽主義」が溢れ返っているが、徹頭徹尾反イスラームの詩だ。

中東の空港の土産物店では酒を売っているが、そもそもイスラームは酒を禁じている。

今でさえがんじがらめの戒律で縛られているのに、11世紀のイスラーム世界にこんな知性が存在し得たとは！

仏教と似てはいるが結論は逆方向だ。作者はオマル・ハイヤーム。彼は西暦11世紀ペルシア（イラン）の詩人で「ルバイヤート」は四行詩集という意味。彼はセルジューク朝（トルコ人のイスラーム王朝）に仕えた詩人であり天文学・数学に秀でた学者として知られている。日本の憲法の解釈は勝手に変えられるようだが、クルアーンは神が預言者ムハンマドに対してアラビア語で伝えたとされる聖典だから勝手に変えられない。だからこそ原理主義がはびこる。読んで字のごとく、ムハンマドは予言者ではなく預言者（神の言葉を預かる普通の人）だ。関連のクルアーンの一節を紹介しよう。

あなたがた信仰する者よ、誠に酒と賭矢、偶像と占い矢は、忌み嫌われる悪魔の業《わざ》である。これを避けなさい。（『クルアーン』第5章90―91節）

つまり神は酒と博打は悪魔の所業だと言っている。なぜかクルアーンでは天国は酒池肉林の世界で、地獄は永遠に炎で焼かれる世界。さて前置きはこのくらいにしてオマルの詩

を一部紹介しよう。（私は酒はたしなむ程度だが、酒の雰囲気は大好きだし彼の詩も好き）

墓の中から酒の香が立ちのぼるほど、
そして墓場へやって来る酒のみがあっても
その香に酔痴れて倒れるほど、
ああ、そんなにも酒をのみたいもの！

恋する者と酒飲みは地獄に行くと言う、
根も葉もない戯言にしかすぎぬ。
恋する者や酒飲みが地獄に落ちたら、
天国は人影もなくさびれよう！

いつまで水の上に瓦を積んでおれようや！
仏教徒や拝火教徒の説にはもう飽きはてた。
またの世に地獄があるなどと言うのは誰か？

誰か地獄から帰って来たとでも言うのか?

時はお前のために花の装いをこらしているのに
道学者の言うことなどに耳を傾けるものでない
この野辺を人は限りなく通って行く
摘むべき花は早く摘むがよい、身を摘まれぬうちに

一滴の水だったものは海に注ぐ。
一握の塵《ちり》だったものは土にかえる。
この世に来てまた立ち去るお前の姿は
一匹の蠅《はえ》　風とともに来て風とともに去る。

酒をのめ、土の下には友もなく、またつれもない、
眠るばかりで、そこに一滴の酒もない。
気をつけて、気をつけて、この秘密　人には言うな――

チューリップひとたび縮んだら開かない。
あわれ、人の世の隊商《キャラバン》は過ぎて行くよ。
この一瞬をわがものとして楽しもうよ。
あしたのことなんか何を心配するのか？　酒姫よ！　そして
さあ、早く酒盃を持て、今宵も過ぎて行くよ！

私は彼の詩が大好きだが、アッラー（神）に喧嘩を売っているとしか言いようがない。戦前の日本で天皇を批判するようなものだ。「天皇陛下様はうんこしねえだかい？」という質問をして教師から殴られた生徒の話を読んだことがある。そういえば天皇も「神」だった。だからこそ生徒は殴られ、天皇制を批判する者は弾圧され、オマルも迫害された。息詰まる空気の中で、この反逆と人間性賛美の詩は密かに読まれ、共感する人々に伝えられ、19世紀、英国の詩人により英訳され、世界に広まった。

彼は刹那主義者でも享楽主義者でもアル中でもない。飲酒はイスラームを揶揄するシンボリックな手段に過ぎない。彼は反骨精神に満ち溢れた人だったろう。そもそも、単なる刹那主義者と享楽主義者はこんな危険な詩を書きはしないだろう。

オマルはペルシャ人であり、ペルシャ（現イラン）は数千年の歴史を持つ誇り高き国なのだ。文庫の最後には訳者の見事な解説が書かれているが、オマルにとって酒と美姫は人間的なものの象徴だ。私はその根底にあるのはペルシャ人としての誇りだと思う。

現在の核問題でも、理不尽なのは一方的に協定から離脱したアメリカ（トランプ）であり、その後のアメリカの対応だ。イランの思いは「アメリカごときにそしてアメリカの手先であるイスラエルになめられてたまるか！」だろう。相手に対して敬意を持たずに話しあいは成立しない。

プライドのある人間のプライドをつぶすような対応をしたらまとまるものもまとまらない。中国も似たようなところがあるかな？

何にせよ、オマルは非人間的で抑圧的なイスラームにうんざりし、反発していたのだ。それを表現する勇気に賞賛を贈りたい、そして抗議するオマルにも乾杯！ 現在のイランはイスラム共和制の国でイスラームに対する敬意は共有しつつも、ペルシャ人としての誇りは強いようだ。反骨に共感！

『プロテスタンティズムの倫理と資本主義の精神』（プロ倫）マックス・ヴェーバー著　岩波文庫

資本主義勃興の背景はなにかというのがこの本のテーマだ。父の書籍の中に同名の本があって、題名に惹かれて手に取ってしまった。「キリスト教と資本主義に何の関係があるのか？」と興味が湧いた。

まず宗教改革の復習から。

ローマ教皇は地上における神の代理人だから、ローマ教会の売る免罪符は神の意志だ。1517年、ローマ教皇がドイツで免罪符を発売したことに対してルターが抗議した。ルターは「免罪符を買えば救われるなんて聖書には書いてない、人は信仰によってのみ救われる。そして信仰の拠り所は聖書だけだ」と主張した。ローマ教会への反発からルター支持の領主や農民も増え、この運動はヨーロッパ各国へ広がった。宗教改革の開始だ（詳しくは教科書を）。

ローマ・カトリック（普遍の意味）教会に抗議した人々をプロテスタントと呼ぶ。ヴェーバーはスイスで改革を行ったカルヴァンを取り上げる。

彼は「神は絶対だから、人が救われるか否かも予《あらかじ》め神により定められている」と説く。

これを予定説という。神の絶対性にこだわるならこれが当然だろう、人間の努力（信仰や善行その他）により「救い」（天国行き）が可能ならば神の存在意義はなくなってしまう。つまり「決めるのは人間ではなく神なのだ」。そして神は人間のお友達や同情者ではない（「じゃー何なのさ？」これは密かな私の声です）。

「神や仏を信じて善行を積めば、人は死後天国に迎えられる」「毎日拝んでいれば神様・仏様は必ず救って下さる」と考える。これを因果論という。「神や仏は必ずわかってくれるはずだ」これは宗教の世界では大手を振ってまかり通る理屈だ。だが、神は我々のお友達ではないし、人間の理解を超えた存在だ。人間だったらこうするはずだは通用しない。だからこそ超越した絶対の存在なのだ。誰を救うか救わないかも測り知れざる神の意志だ（日本人はそんな神は信じないだろう）。

カルヴァンによれば救済される人間は、神によりあらかじめ決定されている。したがって人間の努力や善行の有無などによって、その決定を変更することはできない。つまり、善人でも救われないかもしれないし、悪人でも救われるかもしれない。人間は、神の意思を知ることができない、だからこそ絶対の神なのだ。神を人間になぞらえることなどできない、従って自分が救済されるのかどうかをあらかじめ知ることはできない。神が人間と同じように感じ、思考し、行動するわけがない。

神様にメールして「私を救ってくれますか？」と聞くこともできない。キリスト教では最後の審判で、天国行きか地獄行きか決まり再審はない。当然「わたしゃどうなるんだ？」という不安に駆られ、どうせだめならと自暴自棄になってしまう。

ルターは職業は神の召命（神の与えた使命）であるとしたが、カルヴァンは、世の中の職業は神の栄光を実現するために人間が奉仕する場であるとして、職業をより積極的に意義づけた。カルヴァンは職業は神が現世での役割として人間に与えたもの、職業は神の与えた持ち場であると説く。ドイツ語で職業はBerufで、rufen＝「呼ぶ」の名詞形つまり「職業は神の与えた使命」つまり天職ということになる。

社会学者のヴェーバーは、『プロ倫』の中で、プロテスタントの予定説のもとで人々が救いの証を得るために、神の栄光をあらわす世俗的な職業に励み、禁欲的な生活を送って利潤を蓄積したことが、資本の形成につながり、近代資本主義の精神を生む要因になったと分析した（日本についてはここでは省略）。

くどくなるが、予定説の決定論は、因果論とは正反対の論理だ。因果論では「善行を行なえば（因）救われる（果）」のであるから、日々の善行や、教会や寺院への寄付によって、救済が可能になる。しかし、それは自分が救済されるために、神や仏を道具として使うことだ（贈収賄で触れた）。

つまり絶対の神の意志を人が変えることになる。「これは全能の神を冒涜する行為だ」とカルヴァンは言う。彼は、神の絶対性を守るために、予定説を採用し、神は人間の行為や意思に一切左右されることなく、絶対君主としてふるまうのだ。神の天地創造や最後の審判など信じていない私のような者にとってはたわごと（失礼）だが、信じていれば彼の論理は首尾一貫している。人間ごときに神が左右されてはならない。となると「あたしゃどうなるんだ？」ということになる。

カルヴァンは「神によって救われる人間ならば（因）、神の御心に適うことを行うはず（果）」という、因と果が逆転した論理を生み出した。つまり「自分が救われる予定か否かを確かめることができる」と説いたのだ。

キリスト教では、人生は一度きりであり、そして、死後に再び肉体を与えられ、最後の審判に臨む。検察審査会はない。この教えは人間に恐怖と激しい精神的緊張を強いる。そして、彼はそこから逃れるために、「神によって救われる予定の人間ならば（原因）、神の御心に適うことを行うはずだ（結果）」という、因と果が逆転した論理を生み出した。

そして、一切の欲望や贅沢や浪費を禁じ、それによって生まれたエネルギーのすべてを、信仰と労働のみに集中させた。こうして、彼は行動的禁欲というエートス（倫理・価値観）を生み出したのである。行動的禁欲は♪しばしも休まず槌《つち》うつ響《ひびき》。飛び散る火の花、はしる湯玉《ゆだま》。仕事に精出す　村の鍛冶屋《かじや》♪という歌のイメージ。まだわかりにくい人のために、受験に例えてみよう。志望校合格が「救い」とする。

○私の翻訳

君が志望校に合格できるかどうかは君が決めることはできない。「努力すれば合格」とは限らない（これは単純な因果論）。それじゃ不安でやってられない。だが一つだけ確かめる方法がある。

普通は努力→結果として合格だが、合格が約束されているならば勤勉に勉強するはずだ。つまり、「あなたがゲームにも恋にも誘惑されず、朝から晩まで机に向うことができているということこそが神の救い（合格）の証なのだ」とカルヴァンは説く。

受験生の皆さん。カルヴァンを信じて、わき目もふらず机に向かってみよう！　ろくに勉強もせずゲームばかりしていることは既に神の救い（合格）から見放されていることになる。とにかく友達付き合いやデートはダメ。「毎日デートもせずに頑張ったけどダメだったらどうしてくれる？」という声が聞こえてきそうだが、とにかく信じて頑張れ！とカルヴァンは言う。

私もデートこそしません（できません）でしたが、死に物狂いに頑張ったとはいえないので、第一志望は落ちました。この例え（受験）は来世の話ではないので確かめることができちゃう。

確かめることができないから宗教が成立している、だから信仰という。うまくいけば「信仰のおかげ」で、うまくいかなければ「信心が足りなかった」ということになる。

「一日10時間わき目もふらず勉強した（働いた）のにどうしてくれる。俺の青春を返せ！」と言っても牧師さんは努力が足りなかったと言うでしょうが、とにかく死に物狂いに勉強すれば十中八九何とかなるでしょう。チョット詐欺臭いが、やはり信じてよかったということになる。

カルヴァンの教えは、「利潤の肯定」と「利潤の追求の正当化」を生み出した。つまり一生懸命頑張れば結果的に儲かるから、金儲けは悪いことではない。

それまで、金儲けは高く評価されるものではなかった。イエスは「金持ちが救われるのはラクダが針の穴をとおるより難しい」と言った。そして、カルヴァン主義は、最も禁欲的であり、金儲けを強硬に否定する教えであった。金儲けに正当性が与えられない社会では、金儲けは当然抑制され、近代資本主義社会へと発展することはないはずだ。

しかし、最初から利潤の追求を目的とするのではなく、行動的禁欲（鍛冶屋さん）をもって天職に勤勉に励み、その「結果として」利潤を得るのであれば、その利潤は、安くて良質な商品やサービスを人々に提供したという「隣人愛」の実践の結果であり、その労働が神の御心に適っている証であり、救済を確信させる証なのだ。そして「隣人愛の実践のために儲けは新たな産業に投資される」。

このようにして、皮肉なことに、最も金儲けに否定的で禁欲的な宗教が、金儲けを積極的に肯定する論理と近代資本主義を生み出したと説くのである。

それまで、金儲けは高く評価されるものではなかった。キーワードは「天職」で職業は神の与えた使命。最初から金儲けを目的とするのではなく、行動的禁欲（信仰と労働に禁欲的に励むこと）によって、社会に貢献する。良い商品を安く作ることは隣人愛の実践、そして、この世に神の栄光をあらわすことにより、ようやく自分が救われているという確信を持つことができるようになる。

それまでの人の労働のあり方は、南欧のカトリック圏（非プロテスタント圏）に見られるように、日が昇ると働き始め、仲間とおしゃべりなどをしながら適当に働き、昼には長い昼食時間をとり、午後には昼寝や間食の時間をとり（シエスタ）、日が沈むと仕事を終えるというようなものだった。つまり、実質的な労働時間は短くおおらかで人間的ではあるが、生産性の低いものであった。勿論、儲かったら「浪費」する。スペインでは必ずお昼寝の時間がある。

しかし、プロテスタンティズムは、日常生活のすべてを信仰と労働に捧げる、「世俗社会の修道院化」（修道院はうまい例えだ）によって、人類の中に眠っていた莫大な生産力を引き出したのだ。信仰の力は大きい！（同意するしないは別として着眼は凄い）

宗教に伴う非合理な呪術・魔術（巷に溢れている「呪文を唱えれば救われる」とか「滝に打たれれば」「断食すれば」「苦行をすれば」etc.）の類は、救済に一切関係がない。そのため、そういったことは禁止され、合理的な精神を育てた。例えば、断食すると一時的に別人になったような気がするらしいが、すぐ元に（元以上）に戻るそうだ。日本でもその手の「修行」は多い。そんなことは無駄なのだ。

節約（無駄を省くなどの支出の抑制）のために、収支を管理して合理的経営を行うのに不可欠な簿記が導入された。また、生産性を上げるために、科学的合理的精神に基づいた効率の良い生産方法が導入された。

禁欲的労働によって蓄えられた金は、浪費されることなく貯蓄された（これが資本）。従来は獲得された資本が、財宝や贅沢・浪費に費やされたが。儲けは、不断に再投資されることになる。

このように、プロテスタンティズムが生み出した勤勉の精神や合理主義は、近代的・合理的な資本主義の「精神」に適合し、近代資本主義を誕生させたとウェーバーは説く。

プロテスタンティズムの信仰が、結果として近代資本主義を誕生させ、それを発展させた。カルヴァン主義は、一切の欲望や贅沢や浪費を禁じ、それによって生まれたエネルギーのすべてを、信仰と労働（神が定めた職業、召命、天職＝ベルーフ）のみに集中させた。こうして、人々は禁欲的労働に励む。しかし、近代化が進展するとともに信仰が薄れてゆくと（世俗化）、宗教としての色彩が弱まり、利潤追求自体が自己目的化（「金儲けがすべて」）するようになる。ヴェーバーはそこに、現代資本主義社会の存続の危機があるとする。

オランダ、イギリス、アメリカなどのように、カルヴァンの影響が強い国では、近代資本主義が発達した。一方、イタリアやスペインなどのように、カトリックの影響が強い国々では資本主義の発達が遅れた。これは偶然ではない。資本主義の「精神」とカルヴィニズムの間には、因果関係が存在するのだ。ここでいう資本主義の「精神」とは、単なる拝金主義や利益の追求ではない。合理的な経営・経済活動を支えるエートス（価値観）である。

さらに、禁欲的プロテスタンティズムにより、人々は、「結果として」の利潤の追求に励むことになる。利潤の多寡は、「隣人愛」の実践の証であり、救済を確信させる証である。そのため、利潤は多ければ多いほど望ましいとされた。そして、より多くの利潤を得るためには、寸暇を惜しんで勤勉に労働しなければならない。そのため、人々は時計を用い、自己の労働を時間で管理するエートスが成立した。このことを端的に示す諺が「時は金なり」である。厳格な時間管理の意識は、「近代」的な価値観の特徴のひとつである。そして、スイスなどのプロテスタント圏で時計産業が発達したのも、決して偶然ではない（時計はスイスの名産品）。

獲得された資本は、財貨財宝などの形に置き換えられ、利潤追求のために不断に再投資されることになった。

このように、カルヴィニズムが生み出した勤勉の精神や合理主義は、近代的・合理的な資本主義の「精神」に適合し、近代資本主義を誕生させ、発展させた。しかし、近代化が進展するとともに信仰が薄れてゆくと（つまり世俗化）、宗教としての色彩が弱まり、利潤追求自体が自己目的化するようになった。また、「内からの動機」（宗教的動機）に基づくものであった利潤追求が、「外圧的な動機」（利益・競争・拡大）によるものに変貌していった。つまり「金こそすべて」ということだ。そして貧富の差と格差の拡大。

現代資本主義社会は、外圧的な動機付けによって、それに適合した人間と資本主義の精神を再生産しながら、動き続ける。ただし、それはかつてのように人々の内面的な動機によって支えられたものではない。金儲けのための金儲けだ。つまり「魂なき資本主義」ということだ、そこに、現代資本主義社会の存続の危機があると説く。利益のみの追求は格差と貧困を生み出している。

先ほどの受験になぞらえれば、勉強の目的がひたすら偏差値を上げることと合格に絞られ、何のために勉強するかが曖昧になってしまうということだろうか？　有名校への合格と大企業への就職が最大の動機となる。「医者になって苦しんでいる人達を助ける」ということよりも「何がなんでも医学部に合格する」ことが目的になってしまう。「あんたはどうなんだ？」と問われれば、六：四の水割りかな？　どっちが六でどっちが四かは内緒。

人は倫理に基づいて生きるのか？　それとも欲望のために生きるのか？　二項対立（黒

か白か）で考えればすっきりするが、やはりウイスキーは水割りで飲んだ方が健康のためにいい。ストレートは体に悪い。とにかく理屈抜きに面白かった。私の疑問は「ウェーバーはどうするつもりだったのか？」ということだ。「何とかなるさ」が私の答え。日本とアジアの資本主義の背景については次回で。

〈**国家と民族について**〉

現役時代も世界各地で民族紛争（ユーゴスラビア紛争の説明は大変だった）が吹き荒れていたから説明しないわけにはいかなかった。

『岩波国語辞典』では民族（英 Nation）とは「人種的・地域的起源が同一であり（または同一であると信じ）、言語・宗教などの文化的伝統と歴史的運命を共有する集団」と定義されているが、この定義だと当てはまらなくなる事例が沢山出てきてしまう。例えば日本。言語はバラバラであったし（東北弁と鹿児島弁はほぼ通じない、故に標準語なるものを強制した）、宗教は現在でも無宗教者も含めてバラバラである。

イギリスと呼ぶ国は日本だけで国際的には略称である「ＵＫ」が使用されている。彼の国の正式な名称は「the United Kingdom of Great Britain and Northern Ireland」、日本語では「グレートブリテン及び北アイルランド連合王国」だ。

それらの地域（国と呼ばれることもある）は、それぞれのアイデンティティを有し、独自の言語が存在し、英語はイングランドの言語。スコットランドにはスコットランド語、ウェールズにはウェールズ語、北アイルランドにはアイルランド語がある。英語以外にも公用語が存在するのはそのためだ。

スペインもそれぞれの歴史や言語や文化を持つ複合民族国家であり、カタルーニャはしばしば住民投票を行い独立を狙っている。最近は沈静化しているが、バスク地方では数十年にわたる独立のための武装闘争があった。

中国は漢族と55の少数民族から構成される「統一された多民族国家」だ。具体的に言えば、この多民族のうち、漢族は全人口の92％を占め、残りの8％を55の少数民族が占める。

ヨーロッパ諸国は国民国家（ナポレオン戦争以降形成された我々は皆同一だと考える人々の国）形成のために、国内の少数民族を迫害し、言語や文化を奪ってきた。日本もまた同様（アイヌや沖縄に対する差別）、そして沖縄への「基地」の集中。

国家と民族は一致せず、ヨーロッパの国々もそれぞれ分離・独立の問題を抱えている。

現代の国民国家の形成はナポレオン戦争以降になるが、中国は遅まきの国民国家の形成を行っているようだ。

つまり民族はどう定義しても網の目からもれてしまう。最終的には民族とは「我々は同じであると感じている（信じている）人々の集団」としかいいようがないだろう。自民党の政治家の「日本は世界に例がない単一民族国家である」という発言が物議をかもしていたが、アイヌや琉球の人々はどうなるのか？　国家は単一民族である必要はないし、それは不可能だ。それを主張すればするほど差別と亀裂は深まる。「愛国心」の強要による力ずくの画一化など必要はない。そこに暮らしている国が本当に人権が尊重され、差別がなく民主的で暮らしやすい所であれば、中国人であれ、ベトナム人であれ、メキシコ人であれそこに暮らす人々は自然にその地を愛するだろう。力ずくの共同幻想はやめた方がいい。

少し歴史を振り返れば、最近のカナダの例（先住民に対する迫害・先住民の遺骨の発見）を見ても近代国家は現代の中国と同じようなことをしてきたのだ。民族主義や国家主義は民族や国家を個人の上に置き、国家の物語を作り上げているが、それはあくまで物語（幻想）にすぎない。物語に逆らう人々は国家の敵対者（反日・反中・反露）ということになる。

さてロシアについてふれよう。

ロシアはノルマン人のルーシ（船漕ぐ人々）が、民族移動で南下し、先住のスラヴ人（※1）に同化して成立した。中世（9〜13世紀）のキエフ公国以降はギリシア正教（※2）を国教とし、スラヴ人の国家として意識されるようになった。

※1スラヴ人：東ヨーロッパに広く分布しているスラヴ語系の言語を話す人々

※2ギリシア正教：カトリック教会に対抗してビザンツ帝国（東ローマ帝国）で発展したキリスト教の一派。ロシアや東欧の国々は正教の国が多い。この世界では宗教のトップと皇帝が同一人物であり、権力は人々の心をも支配した（政教一致）のに対し西側は魂の世界のトップは教皇であり、現実世界のトップは皇帝や王であった（政教分離）。この歴史も思想統制をしやすくしている。

ロシアはモンゴル帝国の西方遠征によって1240年にキエフ公国が滅ぼされて1480年に独立を回復するまでの約240年間モンゴルの支配に服することになる。ロシア史では、モンゴル人に支配された時代を「タタールのくびき（※）」といい、「野蛮なモンゴルの圧政の下にキリスト教信仰を持つロシア民族が苦しんでいた時代」ととらえられ、またその後のロシアの後進性であるツァーリズムの専制君主政や封建的な社会の仕組みをモンゴル支配時代の影響とする見方が根強いようだ。

※くびきとは牛や馬を制御するためにその首に付ける道具。つまりロシアがモンゴルに押さえつけられていた。「ロシアが遅れているのはお前達のせいだ」という理屈だ。しかし、最近の研究はモンゴルの支配は、それほど過酷なものでなかったとされている。間接統治下で、行政はロシア人諸侯に任せられ、諸種の税を納めなければならなかったが、ギリシア正教の信仰を否定されることもなかった。ロシア史を読み直してみたが、多くの皇帝の名前が出てきて様々な改革が行われたがすべては上からの号令であった。ロシアには日本と同じように啓蒙思想も社会契約説も人権思想も生まれなかった。革命後レーニンは「我々に不足しているのは文化だ」という言葉を盛んに繰り返したそうだ。ロシアや中国は近代民主主義の原理を経験することなく現在に至っている。

『トロツキー三部作』アイザック・ドイッチャー著　田中西二郎ほか訳　新潮社

ある友人の下宿の書棚にドイッチャーのトロツキー三部作があった。彼と彼の友人達は既に高校時代に読んでいたようだ。話題になっていた本の存在すら知らなかった私はコンプレックスに襲われながら、部屋の隅で彼らの会話を黙って聞いていた。共産党は「トロツキスト」と呼んで罵倒していたが、当時はあの三部作を読んでいた学生は多かったと思う。

第一部の題名は『武装せる予言者トロツキー』、二部は『武器なき予言者トロツキー』、三部は『追放された予言者トロツキー』である。まず本の題名に惹かれ、次に彼のエキセントリックな風貌に引き付けられたがいかんせん値段が高く手が届かなかった。単価2300円でとにかく三冊合わせると一ヶ月分の家賃の倍近かったのだ。でもトロツキーはずっと気になっていた。就職して金もできたので、思い切って三冊まとめて買い、お茶の水から担いで帰った。財布は軽くなったが、リュックはずっしりと重くなった。

我々の時代はトロツキーや「トロツキスト」は口にするだけで論争を巻き起こす政治的な言葉だった。これも40年以上前の読書なので、ほぼ忘れているが、おぼろげな記憶を辿ってみる。引用の間違いは記憶の間違いにつき容赦を願いたい。最初に断っておくが、面白かった。

トロツキー（1879～1940）はレーニンと並ぶ10月革命の指導者であり、赤軍の創始者であり、外相であり初期ソビエト政権を担った人物である。「トロツキーの演説は集会で雷鳴のように響き渡った」とあったが、彼は抜群のアジテーターであり、有能な実務家であり、軍事指導者でもあった。

しかし有能すぎるゆえの弱点もあった。スターリン（1878〜1953）は、かってメンシェビキ（レーニンと対立した「少数派」）であったトロツキーをレーニンの敵として描きだし、革命時代の写真からトロツキーの姿をすべて抹消し、世界各国の共産党はそれに従い、トロツキーは「革命の敵」とされた。各国のトロツキー本は彼に対する誹謗と中傷に溢れているモスクワ版の翻訳だった。

そして1936〜38年のモスクワ裁判（デッチアゲで有名）で有罪宣告をし、ソビエト諜報機関に暗殺を命じた。メキシコに亡命していたトロツキーは1940年スターリンの刺客によりピッケルで頭を割られ、暗殺された。人の頭にピッケルを打ち込む神経も凄い。

政治的立場はどうであろうが、これを読まずしてロシア革命は語れないだろう。マルクス主義の用語が頻出するが、それをのぞいても伝記として秀逸だ。作者ドイッチャーは贔屓の引き倒しにならず、文中で彼の人間的な弱さも指摘している。

レーニンは遺書の中でスターリンを「真にロシア的ゼルジモルダ（ロシア語で獣のような大男の乱暴者）」と呼び「スターリンは粗暴に過ぎる。書記長としてふさわしくない」

と病床でトロツキーにスターリンとの戦いを託したにもかかわらず、彼は再三のレーニンの要請に応えず、スターリンを倒す機会を逸してしまう。トロツキーはスターリンを批判したレーニンの遺書の非公開にも賛成し、肝心なところで躊躇してしまうのだ。スターリンはトロツキーにレーニンの葬儀の日を偽って伝え、トロツキーが参加できないようにした。そして革命時の写真から彼の姿をすべて抹消した。想像を絶する陰湿さだ。

その他にもなぜだと思う場面がいくつかあった。スターリンはトロツキーの弱点を知り、巧みに攻撃を仕掛けた。「レーニンの後釜を狙っている」という攻撃はトロツキーを最も動揺させるものだったが、攻撃の要所々々で巧みにこれを用いた。

トロツキーはスターリンと断固として対決すべき時に対決を避け、いざ対決を決意した時には既に機を逸していた。多分、彼は「策士」ではなかったのだ。

確か、会議で議論が白熱している時に、フランス語の小説（?）を読み始めたという記述があった。低レベルの議論に耐えられなかったらしい。「気持ちはわかるが、態度で見せちゃいけないよ」の世界だ。我々凡愚の衆生は嫉妬するのだ。トロツキーは「切れ者」過ぎた。私のように馬鹿で配慮の足りない人物は「あいつは馬鹿だから」で済ませられるが、これみよがしの切れ者は嫌われる。ここで持ち出すのも何だが、田中角栄はその意味では配慮の政治家だったようだ。

ヨーロッパ革命の勝利なしには革命も社会主義建設も不可能である（世界革命論）というのはレーニンやトロツキーというより当時のマルクス主義者の普通の見解であった。「社会主義は高度に発達した資本主義の上に作られる」（マルクス）であったが、スターリンは農業国であったロシアで社会主義建設が可能であると主張した（一国社会主義論）。これはロシアは世界初の社会主義大国になるという「ナショナリズム」の利用だった。

トロツキーの失脚については「尊大でインテリ風のトロツキーは下部の党員達に嫌われ、ロシアの大地の香りを持つスターリンは地方組織の党員達を巧みに取り込み、ついには党大会の代議員の多数を組織した」（スターリン三部作（上巻）『赤い皇帝と廷臣たち』２０１０年　白水社）。ロシア革命研究者の横手慎二氏の『スターリン』（２０１４年　中公新書）はソ連崩壊後の新しい資料を基にスターリンを批判しつつも、ロシアの現実に根を下ろした人物として、評価すべき点はあるとしている。スターリンは各国共産党に対して「トロツキーは革命の敵」と通達し、各国共産党はそれに従った。当時のトロツキー論はモスクワ版の翻訳だった。

頂点を極めた人物がどのように、陥れられ、追われていくのか？　革命の功労者である彼の劇的な人生と悲劇的な最後を読むにつけ、これは義経記のロシア革命版だと思った。革命論や社会主義などに興味がないという人も、そう思って読むと面白いが「スターリン主義」とか「トロツキズム」という話よりも私にとって面白いのは人物そのものだ。この三部作はトロツキー伝だ。面白いスターリン伝にはまだお目にかかっていない。つまらない奴だったのかも？

ドイッチャーは反スターリン派でありトロツキー擁護者だ。判官贔屓という言葉もあるが、この本を読むとどうしてもトロツキーに肩入れしてしまう。スターリンの評価もトロツキーの評価も一筋縄ではいかない、しかしトロツキーなしに「革命」はなかっただろう。もし「トロツキーが勝利していたら？」は面白い想定だが、歴史に「たら」「れば」はない。彼はスターリン政権に対して、自由選挙の保障、言論・出版の自由、政治犯の釈放、個人の財産の所有権などを要求しているが、それらを要求して蜂起したクロンシュタットの水兵反乱（１９２１）の鎮圧を支持している。これをもってトロツキーもスターリンと同様という議論もあるが、いずれにしてもこの伝記は一読の価値があると思う。

〈ロシアと中国について思うこと〉

昔読んだ本の中に、革命後レーニンは「我々に足りないのは文化だ」（ロシア人の識字率を含めて）と繰り返し嘆いていたという記述があり驚いたことがある。

ヨーロッパ滞在の長い人物は押しなべてロシア人の文化・教養・教育レベルの低さを嘆いている。分厚い中間層こそ文化の担い手だが、ロシアの中間層はイメージできない。どのような人々がトルストイやドストエフスキーを読んだのだろう？　二次大戦後のソ連軍占領下のベルリンにおける蛮行についての記述を読んだが、ロシア兵のレイプ・略奪・暴行は凄まじかったようだ。満州での日本人に対する蛮行も同様だ。報道によれば、ウクライナのロシア兵は市民を殺し、レイプを繰り返し、ウクライナの家庭の電化製品等を略奪しているようだ。

戦争状態では異常心理になるからどこでも同じだという向きもあるようだが、果たしてそうだろうか？　中国戦線での日本兵の従軍記を読むと、やはり略奪・暴行・レイプの場面が登場するが、日本兵の中にも兵士達の蛮行を批判的に記述している人物が存在する。暴行・略奪・レイプを平気で行う兵士とそれに加担せず批判的に見ている兵士の違いは何だろう？　米兵もベトナムで残虐行為を行っている（ソンミ村虐殺事件）。

戦争自体人殺しだが、武器を持たない、女性や子供や老人に対しての蛮行を踏みとどまらせるものは何だろう？　私が中国の村々を襲った日本兵だったらどうしただろうか？

ある友人がそれは「教養の問題だ」と言っていたが私も全く同感だ。個人の資質もあるだろうが、民度（ある集団の平均的な知的水準、教育水準、文化水準、マナーなどの行動様式の成熟度の程度）という言葉で表わせるだろう。戦時下で民度は集中的に表れるような気がする。戦前の日本軍の兵士達の民度はどうだったろうか？　そもそも民度が高ければわけのわからない戦争など始めないだろう。

中国の歴史は長く複雑であり、ロシアの歴史も一筋縄ではいかないが、何かと話題の多いこの両国について言えることは、民主主義（自由や人権意識）の欠如だ。それは日本も同様。我々の民主主義はつい最近の敗戦により頂いたものだ。そして左派の一部は欧米の民主主義を「ブルジョワ民主主義」（ブルジョワ（市民・資本家）による民主主義を指す）と呼んで軽視した歴史がある。

苦労して自分で勝ち取ったものは大切だが、頂いたものはありがたみが少ない。民主主義の概念やシステムは主にヨーロッパで作られたものだが、そのヨーロッパですら一朝一夕に作られたものではない。多くの犠牲を出して長い戦いの末にやっと勝ちとられたものだ。ロシアや中国そして我が国も含めて法の支配や人権意識は歴史や文化の中に根差したものではない。

信仰の自由や内心の自由は生きたまま焼かれるという宗教戦争の歴史を通じて、さらに民主主義の基本的な制度も人権意識も市民革命を通じて作られたものだ。そして差別や人権侵害は現代の欧米でも起こっていることなのだ。ましてロシアや中国や日本においておやだ。ではどうしたらいいのか？　人権や自由の侵害を傍観するのではなく、人権や自由の侵害の具体的な表れに対し、抗議し批判していくことだと思う。そして具体的な戦いの中で理解を広げていくしかない。人権という言葉は日本に根を下ろしているだろうか？現実の問題との関わりがなければ、それは空論に終わるだろう。

〈構造主義について〉

ギリシャ哲学でソクラテス・プラトンとソフィストの対比を学んだ。ソフィストは詭弁家と訳され、プラトンはイデア論で、「真理」の存在を主張したから、どうも教科書ではソフィストの旗色が悪かった。初めて触れた時は現代版ソフィストかと思ったが……。

構造主義に関する本は何冊か読んだが、ここでは印象に残っている文章を紹介する。全部説明することはできないし、浅学菲才の私の理解であることは断っておく。どうか笑わないで下さい。

女の子が画用紙に一生懸命黒い色を塗っていた。父親が「何を描いてるの?」と聞くと娘は「先生が闇を描いてきなさい」という宿題を出したので黒い色を塗っていると答えた。父親はおもむろに絵の具をとって、**娘の絵に火をつけたろうそくの絵を描いた。**

女の子は「闇だ!」と叫んだ。

どの本で読んだ文章かも忘れたが、「構造主義の考え方を端的に表した文章だ」と思った。間違っていたら許して下さい。構造という言葉を使うからわかりにくくなる、ちょっと乱暴だが、構造を「関係」とおきかえたらどうだろうか?　ろうそくの絵は想像力で補って下さい……

私達はこの少女のように、闇や光をそれぞれの本質(特徴)を備えた存在、難しく言うと実体＝「実質」「正体」「本質」)と考える。

例えば「水」と「お湯」と「ぬるま湯」という言葉で考えてみよう。これらも関係の中で使う言葉だ。「男とは何か?」という問いの答えも最近は一筋縄ではいかなくなってきたが、関係性の中で説明するしかない。水はお湯でもぬるま湯でもないもの。お湯もぬるま湯も同様だ。つまり私達は比較や対照の中で物事を捉えている。ＬＧＢＴＱも関係性の中で使われる言葉だ。関係性を作り出すもの（動因）は何かわからないが、世界は関係性（対比）で成り立っている。

「島田君とは？」とは「島田君以外のすべての人と違う存在」、私達はいちいち比較を意識しないが、「普通の人の概念がそれぞれの頭にあって、そこから「はみ出している・変わっている・イケメン・バカ」等の判断をしている。「ＬＧＢＴＱ」も比較の言葉。構造主義は闇と光のみならず、あらゆるものを関係の視点でとらえる。そして男女の例を考えても関係というものは絶えず変化する。人間がどう考えるかは、その人が生きる社会の関係によって、無意識に形づくられてしまっている。マルクス主義（例えば資本家と労働者・経済と文化という発想）も構造主義的だと言える。

もう一つ触れなければならないのは言葉だ。ヘレン・ケラーはもう聾者（視覚（目）と聴覚（耳）の両方に障害のある人）だ。つまり彼女は闇と沈黙の世界で暮らしていた。サリバン先生が井戸端で流れる水を触り、ヘレン・ケラーの手に何度も「water」という言葉を書くシーンがあった。「water」が水を表わす言葉だとわかって喜ぶ感動的なシーンだ。これ以降、彼女は手に触れるあらゆるものの名を記憶する。彼女にとってカオス（混沌）

だった世界がコスモス（秩序だった世界）に変化した。言葉は単なる記号ではなく、人間は言葉により世界を区分し秩序づけ、創り出し、認識している。その意味では「言葉が世界を創り出している」とも言える。

区分の基準は文化圏により違う。虹の色は必ずしも七色ではないし、東京の人には「雪は雪」だが、雪国で暮らす人々にとっては粉雪・ぼた雪・ザラメ雪等、雪の表現は多様だ。エスキモーの世界では雪は何十種類にも区別されるそうだ。そしてその区分は生活につながる。

山内昶氏の『タブーの謎を解く　食と性の文化学』（ちくま新書）がわかりやすい。タブーとは禁忌と訳されるが、何々をしてはならない、という決まり事で、個人や共同体における行動のありようを規制する広義の文化的規範である。なぜタブーが存在するのか？

聖書は同性同士のセックスや動物とのセックスを禁じている（なぜ？）、それ故に原理主義的キリスト教徒は同性愛や同性婚に反対する。そして文化圏によって異なる様々なタブーが存在する。

食のタブーも多い。「豚肉を食うな」「牛肉を食うな」や、日本人のタブー「左前に着るな」「「敷居を踏むな」その他のタブーをスリリングに説明しており、構造主義理解の一助になる。さらに人間の思っているように世界が明確に区分できるわけではない。人の性もそうだが、オーストラリア東部に生息するカモノハシは卵を産むが哺乳類に分類されている。そして一般的に明確に区分できないものはタブーとなり、気持ち悪いもの、避けるべきものになる。

人類の最大のタブーは「インセストタブー」（近親相姦禁忌）だが、興味のある方はご一読を。

人の性もそうだが、そして何であろうが明確に区分できないものはタブーとなる、夕暮れは「たそがれ時」とも言うが、語源は「誰ぞ彼は？」らしい。つまり「誰なのか識別できない時間帯で昼でも夜でもない時間」。夕暮れは気味悪い時間帯なのだ。だから「逢う魔が時」とも言われた。温暖化問題でシベリアの永久凍土の中で発見されるウィルスは生物か無生物かという議論も面白い。生物の要件の一つは代謝だが、ウィルスは単独では代謝できず、他の生命体に寄生して初めて代謝を行う、詳しくは一読を。構造主義がもたらした影響は大きかった。

構造主義により、真理とか絶対とかのいわゆるイデオロギーがひび割れを起こした。関係性というものは変化するから当然「絶対」などということは成り立たなくなる。イデア論や真理の存在を説く思想を総称してプラトニズムと呼ぶが、プラトニズムは分が悪い。

〈ヘイトについて〉

どこかの国の大統領や右翼が「移民排斥」を声高に叫んでいるが、私には少数派になりつつある白人達の遠吠えのように思える。彼らはアメリカの墓穴を掘っていると言わざるを得ない。私はあの国の強さや逞しさを生み出してきたのは人々の多様性だと思う。大体、元をたどれば白人こそ移民ではないか。彼らはインディアンを虐殺し、迫害し彼らから土地を奪い、居留地に押し込めてきた。そんな歴史さえ学んでいないのではないかと思う。人は他者を差別することにより快感を得る性癖があるようだ。人を差別する前に自分を磨けば少しは気分が変わるかも？

『ソルジャー・ブルー』『ジェロニモ』『ダンス・ウィズ・ウルブズ』などネイティブ・アメリカンの目線に立った映画は幾つか観てきたが、これらはアメリカの保守的白人にとっては反米映画ということになるのだろうか？　日本でもアメリカでも、たとえそれが事実であっても認めたくない事柄はフェイクということになる。

ＢＳ朝日の「アメリカの今を知る」という番組でアメリカのアジア系の人々に対するヘ

イトクライムの実態が紹介されていたが、卑劣なことに抵抗できない女性や高齢者が襲われているようだ。ジョージ・タケイという日系2世の俳優が「教育の欠如と貧困がある限り差別はなくならない」と発言していたが、その通りだ。

背景にあるのはコロナや無知だけではなく（トランプはチャイナウィルスと呼んだ）、アジア人が俺達の仕事を奪っているという嫉妬だという指摘もあった。

日本のヘイトグループはアメリカでのアジア人に対する暴行を見てどう考えるのか？ぜひ意見を聞いてみたいものだ。まさかアジア人は暴行されて当然とは言わないだろう。

日本政府がイスラエルとパレスチナ双方に自制を求めているのに元外務副大臣がパレスチナとイスラエルの衝突について「パレスチナのテロは許せない。私の心はイスラエルと共にある」という日本政府でさえ言わないような発言をしていた。私も授業でパレスチナ問題を何回も取り上げたが、この元外務副大臣は両者の歴史的関係についてあまり学んでいないのではないかと思う。トランプはユダヤ人団体の支持と聖書に書かれていることはすべて真実だとする福音派の票のためにイスラエル支持を打ち出したが、パレスチナに移住し、パレスチナの人々の土地を奪い、アラブの人々をガザ地区に押し込め、国連決議さえ無視して、ヨルダン川西岸地区に入植地をどんどん拡大しているイスラエルをどう考えているのだろう？
以上紹介した本は授業準備と私の趣味で読んだ本です。

第五章　そして変さ値60先生の奮闘は続く

33. ほんの少しの海外旅行

海外旅行は何回かしたが、夏休みを利用したバックパッカースタイルの安上がり旅行。若い時は駅で寝たこともある。退職後はイギリスの人口10万程のチェルトナムという小さな町の語学学校で学び、町の郊外の家にホームステイした。いい街だった。

長期滞在すると愛着が出てくる。私は都会より小さな町がいい。先生もよかった。同業者のよしみかもしれない、様々な国の人々とのディベートも面白かった。

バルト3国のリトアニア（？）のグループが英語研修できており、テーマは毎回変わったが、死刑制度を巡る議論では、EUのルールに従わざるを得ないから死刑は認められないが、多くの国民は死刑制度に賛成していると発言していた。私は死刑反対で発言したが、日本人と議論しているのと変わらなかった。生徒には中国人やトルコ人やアラブ人のグループがいて、金と時間さえあればもう少し滞在したかった。長期滞在の学生の話では週末の労働者達のパブ（居酒屋）は必ず酔っ払い同士の喧嘩が始まり、最後は乱闘になるそうだ。そんなことは滞在せねば見えない。実際に経験したかったが帰りのバスがなくなるので諦めた。

郊外の小さな家（一軒の家が壁で仕切られている、セミデタッチドハウスと呼ぶらしい）にホームステイしたが、ホストは離婚した40代（？）の男性。申し込みの時、犬がいてもいいかというアンケートに深い考えもなくイエスと書いてしまい、足に絡みついてくるし、階段にうんこはするしで（何度か踏んだ）失敗した。道路が駐車場代わりでゴミは分別せずには驚いた。

私と二人暮らしだったので拙い英語で毎晩話したが、大学の講師で、独り身の寂しさが伝わってきた。週に一回息子が泊まりにきて、ドラマの世界だった。彼の両親と一緒に食事をしたり、友人の女性の家のパーティー（彼女達はウオッシュレットを知らなかったので宣伝してきた）に招待してくれたり、近くの山へハイキングに誘ってくれたりで世話になった。近くの公園もよく整備されていて、親子連れの散歩や犬で賑わっていた。

土足で家の中を歩き回るのは最後まで慣れなかった。学校への行きかえりのバスでは必ず隣の席の人と話した。私が話しかけるとほとんどの人が嫌な顔もせず答えてくれた、どこでも万国共通言語の笑顔は大切だ。外国語はチャレンジしないと身につかない。せっかく外国へ行っても日本人とつるんでばかりいてはもったいない。

土日は学校が休みなのでバスで周辺の町や村にでかけた。ボートン・オン・ザ・ウォーターでは子供達が遊び、水鳥が泳ぐ川の岸辺の芝生にゴロリと横になって昼寝をしたが、ぐっすり眠ってしまった。言葉で表現できないのどかさだった。財布は無事だった。教会のミサにもつきあった。魅力的な町や村がいくつもあり、もう少し足を延ばせば湖水地方だ。可能なら是非もう一度訪れたい。帰国時にはロンドンで3泊した。ロンドンは何回か滞在したが、相変わらずの人混みだった。

スペインでは財布をすられ（カードはすぐ止めた）、帰りに土産を買う金もなかった。怖い目にもあった。バルセロナのランブラス通りではいつのまにかナップザックのジッパーが開いていた。警察署の前は盗難の被害者の観光客で行列だった。荷物は肌身はなさず、パスポートは腹巻の中に！　帰れなくなります。

それでも私にとって一番魅力的な国はスペインだ。歴史的に言えばローマ・ゲルマン・イスラーム・カトリック、そしてフラメンコなどに代表されるロマの文化等多様性の宝庫だ。闘牛も観たし、タブラオ（フラメンコショーが観られるレストランや居酒屋）には何回も足を運んだ。ロルカの詩はスペインそのもの。スペイン人以外にレストランで知り合ったポルトガル人の親子とも、何回も通った中華料理店の中国人の女性とも親しくなって色々話した（勿論英語で）。どんな小さな田舎駅にも赤提灯の中華料理店があり、華僑の逞しさを実感した。人々のことを知りたかったら通りすぎるだけのパック旅行よりは拠点を決めた長期滞在の自由旅行を勧める。ホームステイはもっといい。スペイン語は「Una cerveza por favor!」（ビール下さい）レベルでとても会話ができるレベルではなかった。

しかし70を過ぎ、長期滞在は自信がなくなってきた。マドリードでもセビリヤでもバル（居酒屋）でビールやタパス（小皿料理）を楽しんだ。市場でのつまみ食いもいい。何を話しているかは不明だったが、おっさん達が楽し気に語らっている雰囲気がとてもよかった。日本と同じかな？

パリではアラブ人街に入りこんでしまい、昼飯時だったので小さな食堂に入った。テーブルは三つほどでギュウギュウ。適当に注文したが、わけのわからない肉が出てきたので、親父に「何の肉だ？」と聞いたが、英語は通じないし、アラビア語は全くわからない、フランス語は第二外国語レベル（つまり通じない）。最後は動物の鳴き声でトライした。「ブー」とか「モー」とか「コケコッコー」、最後に「メーエ」と言ったらやっと通じた。動物の鳴き声も日本語とは少し違うようだ。わけのわからないアジア人が飛び込んできて周りの客まで巻き込んで大騒ぎ（大笑い）になった。入ったことはないが、高級レストランでは追い出されたろう。妻は呆れていたが、楽しいひと時だった。私はどこへ行っても自然に溶け込んでしまう。確か服装で入店を断られたことがあるが、私に「高級」は似合わない。

ドイツは堅く、フランスはやわらかいが、話せるくせに英語を話してくれず往生した。イギリスはどうにか英語が通じるので安心感がある。イタリアは見どころが多いが、観光ずれしていてやたらと「買え・買え」とうるさいし、夏は暑すぎる。同僚達と旅行した韓国は数日間の滞在だったが、外国という感じはせず、日本と同じ印象。

とにかく異文化接触は新しい発見や楽しいことが多いのだ。もう体力的に無理かもしれないが、スペインに行って暮らしたかった。スペイン語をマスターし、バルや市場に行きタパス（小皿料理）をつまみながらスペインの親父達と一杯やりたかった。この年になってやりたいことが多すぎる。

私は元々多様性が好きなのだ。人見知りはしないし、話すのは大好き。子供の頃から魔法使いやドラゴンや妖怪と付きあってきたが、魔法使いやドラゴンや妖怪と比べれば、人間の変わり者など何ということはない（人間の方がもっと怖いかも?・）。人生の終盤になってわかってきたことだが、私の笑顔は人の心をほぐす（？）魅力があるようだ。もっと活用すべきだった。これからは介護施設の若い看護師さんと頑張ってみよう。

〈修道院が好きだ〉

突然だが、私は修道院が好きだ。欧州へは何度か出かけたが、どこへ行っても修道院があれば必ず入った。修道院の労働と生活規律はご免だが、中庭とそれを囲む回廊の雰囲気が好きだ。それも田舎の小さな修道院の。木々や草花が植えられた明るい中庭と、その中庭の光がさしこむ薄暗い回廊のグラデーション（光の変化）がいい。中庭での昼寝もいいし、列柱に寄りかかってウトウトしてもいい。目が覚めたらまた回廊に戻り、グラデーションを楽しむのだ。

いつのことか、どこの国かも忘れたが、回廊で壁のマリア像に跪いて熱心に祈っている婦人がいた。私は列柱にもたれてしばし「見とれていた」、というより彼女の横を通り過ぎるのは失礼だと思ったのだ。回廊にいたのは彼女と私の二人だけ。信仰には縁のない私だが、写真をとって「祈り」あるいは「信仰」という題名をつけたらピッタリの情景だった。残念ながら手元にカメラはなかった。肝心な時に肝心なものを忘れる私だ。プロテスタントには修道院はないようだ。

34．1950年1月・父ちゃん突然プーになる！

（以下は父についての補足説明）

父は1914年生まれ。旧制松本高等学校を経て、1938年（昭和13年）京大文学部西洋史学科を卒業した。当時の帝大文学部の卒業生はまず旧制中学（現在の高校）の教員になるのが定番で、父の最初の勤務校は旧制上田中学（現・長野県立上田高校）。当時の旧制中学（5年制で男子のみ）進学率は同世代の男子の10％以下という時代だった。同窓会で紹介された卒業生のお宅を可能な限り訪ね歩いた。「同期生の生存率3割、その内入院7割」（2012年現在）と伺った。早いもので、あれから10年たつが父の話を聞ける最後のチャンスだったかもしれない。

独身時代の父は下宿で生徒達に英語や数学を教え、その勉強会は島田塾と呼ばれたそうだ。次の3人の方は島田塾の三羽烏（42期生1943年卒業）と呼ばれた方々だ。

「私達は毎晩のように島田先生の下宿に通った。先生は歴史の先生だったが、高学年の英語や数学まで教わり毎晩通うのが楽しみになった。いつの間にか教師と生徒の壁がなくなり、先生は兄貴のようになった。先生には言い尽くせないほどお世話になった……」（上田中学42期生・メンバーの永井重弘氏、陸軍士官学校を経て戦後東大へ）の手紙より。氏とは吉祥寺でお会いして話を伺った。

長井利二氏は海軍兵学校に進み、卒業と同時に出征しマリアナ沖海戦で戦死した。父の戦後の生き方は彼の死が大きかったようだ（前著で詳述）。旧制松高から京大に進んだ片山泰久氏は湯川秀樹氏の一番弟子になったが早世。3人とも4修（旧制中学は5年制だったが、優秀な生徒は4年で卒業）の優等生だった。母によると「片山は優秀だった」というのは父の口癖だったようだ。

以下は　旧上田中学44期生の同期会誌「古城の門を出で入りて」の記述。

「島田先生は大学を出たての先生で授業は新鮮でアカデミックだった」「島田先生は上田中学の宝だった。とにかく先生の授業は刺激的だった」「小説家志望の私は島田先生のような多面的な文化・教養を身に着けた先生に憧れた」。etc.

何があったかは不明だが、名古屋の軍需工場への勤労動員の際、共に生徒を引率した国語科の久保田夏樹氏（島木赤彦の四男で歌人）は44期同期会誌に「生徒らの命を守り通したる島田武雄を忘れざるべし」という歌を残されている。いずれの期でも父の印象は強かったようだ。

父は戦後（1948年）旧長野女子専門学校（現・長野県立大学）に転勤。当時は女子の大学進学はほぼ不可能だったので、長野女専（略称）は近県も含めて向学心のある高等女学校卒業生の進学先だった。卒業後は教員になる人が多く、生徒達は父から強い影響を受けたようだ。
・「心の底から先生とお呼びできる先生でした。先生のご自宅に伺った帰り、暗い星空の下、先生と交わした様々の話題を胸に、満ち足りた気持ちで帰ったことを覚えています」会田朝穂さん
・「今思えば先生から受けたものの考え方や生き方は私の人生の大きな支えになっています」梅垣節子さん etc.
女専の生徒達は父の没後10年に私達家族を招き「島田先生を偲ぶ会」を開いて下さった。父にとって教師は天職だったようだ。私も教員だったがこんなことを書いてくれた生徒はいない（私への生徒評は第三章で紹介）。以上は前著『未完のたたかい』で詳述した。

1950年（昭和25）初頭の某日、思いもかけぬ事件が起こった。女専の事務長が突然

我が家を訪れ、父に解雇辞令を渡したのだ。私は前年の11月に生まれたばかり。父は真面目な人で、勤務態度不良やセクハラやわいせつ行為などとは無縁の人物（第二章16節）。前著の取材の時、父は首になったと話したら一様に「一体なぜ？」と驚かれた。

母の話によると父は事務長に「なぜだ？」と問い詰めたが、彼は答えず、逃げるようにして去り、父は辞令を破り捨てて黙って庭を睨んでいたそうだ。「私はどうなるんだ！」と抗議すべきだったが、いかんせん生後数ヶ月（前年の11月生まれ）のことといかんともしがたく、ただ泣き喚いていた（多分）。

父は教育者の道も研究者の道も奪われ、給料は勿論、退職金も年金もすべて失い、祖母と妻（母）と生まれたばかりの乳飲み子（私）を抱えて一家は路頭に迷うことになった。父の無念と母のショックはいかばかりだっただろう。父は一体、何をしたというのか？

高校政治経済の教科書には「人を犯罪者として処罰するには、法律によって、あらかじめ罪と罰を明確にしておかなければならない」とあり、これを罪刑法定主義という。「どんなことをしたらどのくらいの罪になるのか？　つまり法律に定められていなければ犯罪にはならないし、当然刑罰もない」ということ。例えば刑法235条には「他人の財物を窃取した者は、窃盗の罪とし、10年以下の懲役又は50万円以下の罰金に処する」とある。この法律がないと、どこかの全体主義国家のように逮捕されても「何の罪か？」「どういう罰か？」もわからないし、裁判も成り立たなくなる、しかし父達の解雇では、解雇（罰）の根拠となる法律はなかった。長野県では教育公務員だけでも数十名が解雇された。正確な人数は不明。

既に現行憲法は公布・施行されていたが（1946年11月公布・47年5月施行）、処分された全員が組合関係者で、表向きの解雇理由は「教員として不適格」。

憲法28条の労働基本権（組合活動の自由）・19条の「思想及び良心の自由はこれを犯してはならない」・32条「何人も、裁判を受ける権利を奪われない」も無視され、裁判所は訴えを受け付けず、門前払いにした。つまり父達は違憲・違法に解雇された。

学術会議任命拒否問題と同じで理由は明らかにされず、何が不適格なのかの説明はなく、「一回の遅刻」が解雇理由にされた例もあった。これをレッド・パージといい、官民を通して全国で約4万人近くの人々が解雇された。背景は東西冷戦とアメリカの占領政策の転換だった。

レッドは共産党、パージ（purge）とは一掃・抹消または粛清の意味で、つまり共産党員やその同調者を公職または民間企業から解雇すること。当時は「アメリカ占領下で、G

HQ（連合国軍総司令部つまり米軍）の命令だった」と政府は説明しているが、実はこれも曖昧だ（示唆か命令か不明）。スパイまで送り込んで解雇者のリストアップをし、処分の実務を担ったのは日本政府と各自治体で高知県のように解雇者の出ない県もあった。

繰り返すが、具体的な犯罪行為は何もなく、処罰規定もなかった。強いて言えば「お前の思想が気にいらないから首を切る」ということだ。共産党員などという名札を付けている人は政治家以外おらず識別のしようもないから、組合活動家や共産党とは関係のない人々も標的になった。本人だけでなく「アカの身内」ということで家族も就職や結婚で差別された。

憲法を踏みにじり、多くの人々の生活を奪った暴挙について今日に至るまで政府からは謝罪も補償も一切ない。裁判所も一貫して原告の控訴を棄却している。いまだ何の説明もない学術会議任命拒否問題（2020年9月）は現代版レッド・パージだろう。なぜなのかきちんと説明すべきだ！

自分に対して批判的な人々や意見は力ずくでも排除するというのはロシアや中国にかかわらず権力の性《さが》だ。2016年2月8日衆院での電波停止についての高市総務相発言は本音が出たということだろう（ネットを参照）。

当時は日本共産党が躍進し（49年の総選挙では4→35議席）、組合活動も活発化していた。この年の夏には「国鉄三大ミステリー事件」と呼ばれる下山・三鷹・松川事件（列車転覆事件）が起こり、容疑者とされた国鉄（現JR）の組合員（共産党員）は裁判で無罪となったが、これらの事件で国鉄労働組合は弱体化し、結局事件は迷宮入りした（詳しくは松本清張『日本の黒い霧』等を参照）。

被処分者数は県によりバラッキがあったが、信濃教育会（旧長野師範学校卒業生を中心に作られた教員の組織）は戦時中、軍国主義教育の中心を担い、全国で最多の満蒙開拓青少年義勇軍を送り出した。帰国できず命を失った少年も多数いた。

戦後、長野県教組はそれらを批判したから信濃教育会と教員組合との対立は激しかった。父は戦後作られた長野県教組の役員だったから、彼らの標的になった。父のみならず、真面目に働いてきた多くの人々が何の法的根拠もなく、理由も明らかにされないまま職場を追われた。レッド・パージを知らない人も多いが、また同じことを許さないためにもこの出来事を曖昧にしてはならないと思う（詳細は『黒い嵐』初期長野県教組弾圧記録・拙著『未完のたたかい』参照）。

翌年、戦争犯罪人として公職追放されていた政治家・官僚・軍人の追放が解除された。「満州国は私が作った」と豪語していた安倍元首相の祖父である岸信介は東条内閣の閣僚であり、A級戦犯容疑者であったが、追放を解除され後に首相となる。米ソ冷戦の下で昨日の敵は今日の友となった。これを逆コースという。

福沢諭吉は『福翁自伝』で、有能だった父親は身分制度の下で苦しみ、私を坊主にしてまで名をなさしめようとしたと嘆き、「封建の身分制度は親の仇でござる」と書いている。福沢になぞらえれば、私にとって「権力は親の仇でござる」ということになるかな。政治家の多くも役人も裁判官もほぼ戦前のままであったから、彼らは何の疑問もなく命令に従って「アカ狩り」に励んだのだろう。300万以上の日本人と数千万のアジアの人々が犠牲になった戦争責任の追及は国民の手では行われないまま今日に至っている。そして戦争の美化が始まる。安倍元首相は日本の中国侵略について問われた時「侵略の定義はない」と言い募った。安倍氏はロシアのウクライナ侵略を何と呼んでいるのだろう？「ロシアは侵略だが、日本は違う」かな？　米国でもアカ狩り旋風（マッカーシー旋風）が吹き荒れ、多くの学者や文化人が犠牲になった。チャップリンも追放され、ハリウッドでは多くの監督や俳優がパージされた。『ローマの休日』の作者ダルトン・トランボ（共産党員）は仕事を奪われたが、『ローマの休日』は彼の友人の名前で発表され、その友人がアカデミー賞を受賞している（第四章31節で詳述）。

バイデン大統領は２０２１年2月21日、太平洋戦争中12万人の日系市民が財産をすべて奪われ、強制収容所に収容されたことについて、「戦争中のことだからやむをえなかった」と弁明せず、「憲法違反であり、米国の最も恥ずべき時代の一つ」として、謝罪する声明を発表し、既に補償も行われている。同じ敵国のドイツ系市民は収容されなかったから、あからさまな人種差別だった。

日本政府は、自ら主導したレッドパージについて賠償どころか謝罪すら行っていない。思想・信条の自由は人権中の人権と言われる普遍的な権利だ。百歩譲ってＧＨＱの指令があったとしても日本政府はこの恥ずべき人権侵害に対し、１９５２年の講和条約発効後も、謝罪もせず、賠償もしていない。日弁連は政府に何回も謝罪と賠償の勧告を行っているが、政府は今日に至るまで無視し続けている。

父以外にも多くの人々が解雇されたが、理由は明らかにされず、人事委員会も裁判所も不当解雇の訴えを受け付けなかった。父達は一体何をしたというのか？

一家の収入は途絶え、父は「東京で教師に」とも考えたようだが、戦後の学校教員時代に農文協（農山漁村文化協会の略称　農業関係の書籍の出版社）でボランティアをしていたこともあり、農文協のスタッフになった。長野農文協は農業のみならず、小説家の野間宏、東大の川島武宜などを招き講演会を開き、雑誌を刊行し、独自の幅広い文化活動を行っていた。子供の私も農文協の事務所によく行ったが、活気と独特の雰囲気（？）があった。定期発行の雑誌や講演会や学習会などの文化活動が収入源だったようだ。

当時の農村青年の多くは小学校卒の学歴であり、戦前は「天皇陛下万歳」で教育されてきた青年達にとって農文協の雑誌や父のような人物との出会いはなかったし、父との出会いは新鮮だっただろう。高度成長と共に農村人口は減少していくが、この時代は進学はできなかったものの、新しい知識、を求める青年達が多数存在していた。父の勤めていた旧制上田中学・旧長野女子専門専学校の生徒達も当時はエリートだったが、父は農村の青年達の教師の道を選んだ。

青年団（地域の青年達で組織された自治団体）の歴史は古く、戦時中は国策の手足とされたが、青年団の青年達も新しい時代の知識と活動の方向性を求めていた。農文協の青年達と青年団のメンバーは重複していたので父の活動は青年団にも広がった。

父の文章は農文協の雑誌（「農村青年通信講座」）にあり、前作で紹介した。最初は謝礼も出なかったようだが、わずかとはいえ徐々に謝礼も出るようになり、父の活動は他県の工場の青年達にも広がり、全国の青年団運動にも大きな影響を与え、日本青年団協議会の助言者としても活躍した。子供の頃、何度か父に連れられて一緒に出かけたが、当時の汽車の座席は固く、トンネルではＳＬの煙が客室に吹き込み皆で窓を閉めた。駅のバス停から村々は遠く、バスは時間通りに来ず、雪や雨の日のバス停は寒かった。村に旅館などないから父は村の公民館や青年達の家に宿泊したのだ。

父は青年達の悩みや生活の問題をテーマにし、女性の地位や差別の問題や政治の問題について講演し、青年達の話し合いを組織して様々な助言を行った。あの時代に父以外の誰が農村の青年達に民主主義や人権や政治の話をしただろう？　教育の機会を得られなかった多くの青年や女性達が農文協や青年団の学習会に参加した。長野県は進歩的な県と言われるが、父の影響は大きかったと思う。父を支えたのは、金でも名誉でもなく、農村の民主化という使命感だったと思う。

父はどこにいても、根っからの教師だった（父の活動については前著『未完のたたかい』で詳述）。

私にとって父は届かぬ目標であると同時に大きな壁であった。

35. 若い先生方に

私は現場を離れて10年近くなります。既にピンボケかもしれないので、最近退職した同僚から「若い先生方に」というテーマで一文を頂いたのでそのまま紹介します。

一　仲間を作る

一人でできることは限られている。問題・課題を共有し、できるだけオープンに。一人で抱え込まず、普段から声をかけあう。

二　仕事を楽しむ

余裕がないと視野が狭くなる。楽しそうに取り組めば人は自然とつながり、輪は広がる。

三　生徒にはすべてが一回性

教員にとっては何度でも繰り返すことのできる時間や事柄でも、生徒にとっては常に一回限りの経験。**小さなことでも誠実に大事に対応することが大切。**やはり学校の主役は生徒

四　対話が大事

同僚とも生徒とも対話を。自分は人生のちょっと先輩に過ぎない。力ずくでできることは何一つない。諦めず丁寧に何度でも対話を。生徒の生を尊重し、多様な価値観があることを示して。

五　長い目で

長く続けられる仕事の仕方を。

あとがき

私は面と向かって褒められたことがないので、書いていてとても嬉しかった。「俺なんかもてっこない」「頭が悪い」「いい加減な奴」と自分を卑下していたが、人を喜ばせたり、人の役に立ったこともあったようだ。勿論その逆もあった。書いていて発見したことだが、少しはもてたのかもしれない（確かめようもないのでそういうことにしておきます）。

学生時代の友人の文章に、「あれがなぜできたか？　なぜここまで歩めたか？　もう少し思い出して、今更遅いが、いま少し時間もあるので感謝を届けるのも良いだろう。すぐ隣にいつも、自分の観念に作用してくれた、高貴ではないかもしれないが、親愛なる精神があったことを見つけるかもしれない」という文言がありました。妻や友人・生徒や同僚・それこそ管理職も含めて、多くの人達が私を庇ってくれていたのだと思います。

散々迷惑をかけましたが、それぞれの舞台でこんな変な私に温かく接してもらって本当にありがとうございました。とにかく明るさと笑顔が私の取り柄らしいので、最後まで自分のままで生きていきます。もうしばし我慢してお付き合い下さい。

2022年9月30日

島田　隆

著者プロフィール
島田 隆（しまだ たかし）
1949年生まれ
1973年　早稲田大学政経学部卒業
　　　　民間企業を経て都立高校教諭

変さ値60先生 奮闘記

2023年２月15日　初版第１刷発行

著　者　島田 隆
発行者　瓜谷 綱延
発行所　株式会社文芸社
　　　　〒160-0022 東京都新宿区新宿１－10－１
　　　　　　　　　電話 03-5369-3060（代表）
　　　　　　　　　　　03-5369-2299（販売）

印刷所　株式会社晃陽社

ISBN978-4-286-27071-5

郵便はがき

料金受取人払郵便

新宿局承認

7553

差出有効期間
2024年1月
31日まで
(切手不要)

1 6 0-8 7 9 1

141

東京都新宿区新宿1－10－1
(株)文芸社
愛読者カード係 行

ふりがな お名前		明治　大正 昭和　平成　　年生　歳
ふりがな ご住所	□□□-□□□□	性別 男・女
お電話 番　号	(書籍ご注文の際に必要です)	ご職業
E-mail		
ご購読雑誌(複数可)		ご購読新聞 新聞

最近読んでおもしろかった本や今後、とりあげてほしいテーマをお教えください。

ご自分の研究成果や経験、お考え等を出版してみたいというお気持ちはありますか。
ある　　ない　　内容・テーマ(　　　　　　　　)

現在完成した作品をお持ちですか。
ある　　ない　　ジャンル・原稿量(　　　　　　　　)

書　名			
お買上 書　店	都道 府県　　　　　　市区 郡	書店名	書店
		ご購入日	年　　月　　日

本書をどこでお知りになりましたか?

1.書店店頭　2.知人にすすめられて　3.インターネット(サイト名　　　　)

4.DMハガキ　5.広告、記事を見て(新聞、雑誌名　　　　)

上の質問に関連して、ご購入の決め手となったのは?

1.タイトル　2.著者　3.内容　4.カバーデザイン　5.帯

その他ご自由にお書きください。

(　　　　)

本書についてのご意見、ご感想をお聞かせください。

①内容について

②カバー、タイトル、帯について

弊社Webサイトからもご意見、ご感想をお寄せいただけます。

ご協力ありがとうございました。

※お寄せいただいたご意見、ご感想は新聞広告等で匿名にて使わせていただくことがあります。

※お客様の個人情報は、小社からの連絡のみに使用します。社外に提供することは一切ありません。

■書籍のご注文は、お近くの書店または、ブックサービス(0120-29-9625)、セブンネットショッピング(http://7net.omni7.jp/)にお申し込み下さい。